왼손잡이 고양이에게

허락은 필요 없지

왼손잡이 고양이에게

허락은 필요 없지

느린호수
지음

흘러가는 시간들과 고양이와 나

느린
서재

집사에게

어제보다 흰머리가 더 생긴 집사야. 나이는 누가 봐도 네가 훨씬 많지만 그래도 우리가 주인이니 말을 놓을게. 열 받으면 너도 그렇게 해.

요즘 네가 좀 게을러졌는지 수발이 영 탐탁지가 않아. 특히 화장실 상태는 최악이야. 경고의 의미로 몇 번 툭툭 치고 살짝 물었는데도 못 알아채니 눈치가 없는 건지 모르는 척하는 건지 알 수가 없네. 맨날 '갱년기라 힘들다. 일하고 살림하는 게 쉬운 줄 아냐?'를 입에 달고 사는 집사야. 손 많이 가는 남편과 사춘기의 끝이 보이지 않는 입시생 딸에, 고양이 두 마리(한 마리는 아직도 똥을 잘 못 가림)까지 보살피느라 머리 감을 시간도 없다면서 글 쓰고 그림 그리고 도예도 배우러 가는, 하고 싶은 건 거의 다 하면서 사는 이상한 집사야. 제발 우리 화장실 모래 좀 부지런히 바꿔줘라. 요즘 교체 주기도 뜸해지고 청소도 엉망이라 들어갈 때마다 기분이 아주 별로다. 발톱 제대로 세우기 전에 정신 차리기 바란다.

그래도 일할 시간이라고 새벽 5시 언저리에 몇 번 울면서 깨우면 눈도 제대로 못 뜨고 나와서 밥도 주고 물도 갈아주고 화장실도 치워주니 기특하다. 사료값 벌러 나갔다가 돌아오면 가끔은 매일 주는 간식 말고 특식도 주고 원치 않아도 재롱도 떨고 털도 빗어주니 넉넉하게 네 점수는 70점 정도 된다.

우리 덕에 창작하는 사람이 되어 큰 책도 만들고 성냥갑만 한 미니북도 만드니 이걸로 월급은 퉁 치자. 네가 우리 초상권에 대한 허락없이 그림을 그리고 사생활 침해하며 글 쓰는 거 모를 줄 알았지? 동동거리며 바쁘게 사는 모습이 기특해서 봐준다.

책 팔아서 돈 버는 게 달에 사는 토끼가 물고기 잡는 것만큼 어렵다지만 기적처럼 조금이라도 벌면 츄르 한 박스를 사라. 그러면 더 이쁜 자세로 모델 해줄게.

오늘도 우리 덕에 일찍 일어나서 부지런히 사는 집사야. 가끔 지쳐서 퀭한 얼굴로 앉아 있을 때 무릎에 올라가 누워 줄 테니 마사지해 주면서 기운 좀 내라.(네가 우리 마사지하면서 기분 좋아하길래, 해달라는 거지 결코 좋아서 그러는 건 아니다) 우리가 강아지처럼 적극적으로 표현하진 않아도 사···. 사···. 사랑하는 거 알지?

내 인생은 너희가 없던 때와 함께 하는 때로 나뉜다. 너희의 모습을 떠올리기만 해도 환하게 미소가 번지는 신기한 시간을 산다.

봉투야! 봉달아! 너희들 덕에 엄마는 요즘 자주 웃는다. 오늘도 여전히 바쁘고 지치겠지만 '봉타민'이 있으

니 걱정 없다. 이제 미루고 미루던 모래 갈이를 하러 가
야겠다.

차례

PART. 2

어떤 하루

PART. 3

근사한 하루

PART. 1

집사의 하루

서열
1위의
삶

우리 집 서열 1위는 당연히 봉봉이님들이다. 이분들은 자고 싶을 때 자고 먹고 싶을 때 먹으며 놀고 싶을 때 놀고 싸고 싶을 때 싼다. 심지어 봉달님은 화장실이 아닌 곳에서 마음대로 싼다. 돈을 벌러 나갈 일도 없으며 공부할 일도 없다. 배가 고프면 앵앵 두 번 울면 되고 간식을 먹고 싶으면 더 길게 '에엥 에엥' 울면 된다.

어슬렁거리며 집사들 근처에만 가도 그들은 눈에 하트를 켜고 귀엽다고 말하기 바쁘며, 어쩌다 몸이 근지러워 집사들 다리에 머리만 들이밀어도 집사들은 감사하며 열심히 쓰다듬어 준다. 움직이는 모든 곳이 잠자리가 되고 놀이터가 되고 식당이 되는 공간에서 봉봉이는 서열 1위의 삶을 누린다. 집사들이 안방을 비우면 안방에 널부러져 있는 이불 속에 들어가 따뜻하게 자면 된다. 더워져서 분홍코가 진분홍이 되면 슬슬 나와서 시원한 마룻바닥에 대자로 드러눕는다. 아무도 싫은 소리를 하지 못하며(예전에 남집사가 감히 봉투에게 심하게 뭐라고 한 후 방광염이 와서 고생을 함) 잘못을 해도 집사들은 비굴하게 웃으며 다음엔 그러지 말아주십사 하는 부탁을 최대한 간드러진 목소리로 살갑게 전한다.

따뜻한 걸 좋아하는 봉봉이는 털옷을 입었어도 한여름에 이불 속으로 들어간다. 얼마 전에 남집사가 실수로 이불 속 봉투님을 밟아서 대노하신 적이 있는데 오늘 또 밟았단다. 서열 1위를 감히 밟다니. 그것도 두 번씩이나 말이다. 굴욕과 분노를 참기 힘든 봉투님은 하악질 후 앓는 소리를 낸다. 그러고도 분이 안 풀려 남집사 옷장 위에 올라가서 씩씩거리다가 겨우 잠드셨다.

여집사는 밖에서 막내집사의 고자질(?) 전화를 받자마자 부랴부랴 집으로 급히 돌아와서 봉투님 눈치를 살핀다. 다행히 크게 다치진 않으셨는데 마음이 다치셨네.

츄르와 치킨트릿 몇 알을 바치며 제발 마음 푸시라고 기도한다.

마음이 바다처럼 넓은 주인님은 고작 이 작은 간식에 노여움을 푸시고 다시 거실 바닥에 널브러져 우리를 바라본다.

계속 안절부절며 용서를 빌던 남집사는 이제야 마음 편하게 연애프로그램을 시청한다.

한 번 더 서열 1위를 밟는 실수를 하면 가만히 있지 않을 거라는 서열 3위 여집사의 협박성 발언에 콧방귀를 끼며. (이 집에서 서열이 가장 낮다는 걸 여전히 인지하지 못하고 자신이 1위라고 생각하며)

숨 쉬는
소리도
귀여우면

봉투와 봉달이에게도 서열이 있다. 분명히 입양기관에서 데리고 올 때 봉투가 첫째, 봉달이가 셋째라고 알고 데리고 왔다. 그래서 그런지 봉투는 의젓하고 무엇이든 먼저 해보는 아이였고, 봉달이는 형이 먼저 도전한 후 안전하다고 판단되면 따라했다. 가만히 생각해 보면 입양기관에서 형, 동생 순서를 정한 건 구조된 순서였다. 그런데 그렇게 받아들이고 보니 봉달이는 어느새 막내였고 봉투는 장남이 된 것이다. 사실 엄마 뱃속에서 나올 때 몇 분 먼저 나왔다고 형이 되는 시스템(?)도 웃기긴 마찬가지. 부모들이 편의를 위해 그렇게 한 것이리라. 순서가 뭐 그리 중요할까 싶다.

굳이 따지자면 나이는 먼저 세상에 나와서 조금 더 살았다는 의미이다. 그러나 아내보다 일 년 먼저 나온 남편이 딸아이와 맛있는 간식으로 싸우는 모습을 보면 크게 의미가 없다 싶기도 하다. 그래서 그런지 책방에서 만난 분들과 닉네임으로 호칭을 쓰는 게 무척 즐겁고 좋다. 별명을 쓰면 나이와 성별을 초월하는 동등함이 생기면서 인간 대 인간으로 다가갈 수 있어 더 빨리 친해진다. 그렇게 생긴 우정을 갖게 되는 일은 신선하고 재미있다.

아무튼 우리 집에 올 때부터 봉투는 형님, 봉달이는

아우님이니 어쩌다 봉달이가 봉투를 짓궂게 대하면 동생이 형을 괴롭힌다며 타박하기 일쑤였다. 어쩌면 봉달이가 엄마 뱃속에서 먼저 나온 형님일지도 모르는데 말이다. 선입견이 이리 무섭다. 이미 봉투가 형인 상태로 데려왔기 때문에 봉달이가 형일 수도 있다는 의심을 무시한다. 그리고 동생이 형을 이겨 먹는다고 구박한다.

누가 형인지 모르는 형제들은 갑자기 뜬금없이 자주 싸운다. 몸무게가 봉투보다 2킬로그램 덜 나가던 시절부터 봉달이는 싸움에서 진 적이 없다. 작년 여름 건식 사료만 먹으면서 몸을 벌크업시킨 봉달이는 이제 봉투를 확실하게 이긴다. 가끔 잽을 날리며 반격을 날리기도 하지만 맨날 깔아뭉개지는 건 봉투다.

우리 집 대장인 봉달이는 만만하고 친절한 집사인 엄마를 독차지하려고 한다. 봉투를 사랑스런 눈빛으로 보기만 해도 집사에게 레이저처럼 강렬한 눈빛을 보내고 쓰다듬어 주기라도 하면 어디 있었는지도 모를 곳에 있다가 나와서 엄마 옆에 쓰러진다. 그러면 눈이 동그래진 봉투는 얼른 품을 벗어나 도망가기 바쁘다. 그러니 봉투를 만져줄 때는 봉달이 눈을 피해 조심스럽게, 마치 첩보 영화라도 찍는 것처럼 은밀하게 다가간다.

봉달이는 자기가 원할 때면 언제든 엄마 곁에 와서

애교를 부리고 만져달라고 한다. 그럴 때 봉투는 봉달이를 부러운 눈으로 쳐다보거나 외면한다. 그러니 봉투에게 짠한 마음이 생기는 것은 인지상정. 다행인 것은 봉투에게는 누나가 있다. 누나가 아무리 만져줘도 봉달이가 눈에 불을 켜고 달려들지 않으니 예쁨을 원하는 만큼 다 받을 수 있다. 그래서 누나가 집에 돌아오면 잠도 덜 깬 눈으로 달려가 쓰다듬어 달라고 한다. 그런데 요즘은 봉달이도 누나에게 이쁨을 듬뿍 받고 싶은지 슬슬 봉투의 독차지를 견제하며 다가가 벌러덩 눕고 머리를 들이밀며 만져 달라고 야옹거린다.

봉달이는 엄마를, 봉투는 누나를 자신들의 효자손으로 두고 있으니 그래도 다행. 아빠는 깍두기니 가서 벌러덩 누워주기만 해도 좋다고 헤벌쭉, 만져주기 바쁘다. 엄마와 누나가 여행을 가거나 외출해서 아빠 밖에 없을 때는 어쩔 수 없이 애교를 떠는데 그때 자신이 인기쟁이가 된 것에 감격하는 아빠는 이들의 서열 경쟁에서 아무 이유가 되지 않는다.

누나가 3박 4일의 일정으로 집을 비우니 봉투의 눈빛이 점점 시들어간다. 엄마도 간간히 안아주고 만져주지만 봉달이의 눈치를 피한 짧은 애정 표현이 아쉬울 거다.

오늘은 잠이 깨지 않아 소파에 누워 있는 엄마의 옆

으로 봉투가 올라온다. 그 자리는 항상 봉달이 차지였는데 오늘은 봉투가 식빵 자세로 누워 그윽한 눈길을 보낸다. 20센티미터 정도의 거리에서 초롱초롱한 눈으로 바라보는 아이는 얼마가 사랑스러운지. 쌕쌕거리는 숨소리도 선명하게 들려온다. 이 순간, 봉달이에게는 미안하지만 봉투와 나밖에 없다. 내 귀에 봉투의 숨소리가, 아이의 귀에는 나의 숨소리만 들리는.

소중하고 순수한 아이에게 사랑받는 기분은 표현하기가 힘들다. 그 순간이 따뜻하다는 평범한 문장 밖에 쓰지 못하는 게 아쉬울 따름이다.

위의 고양이 이름은 '봉달'
아래 고양이는 '봉투'

똥
못 가리는
고양이

봉달이는 세상에서 가장 깔끔 떠는 고양이다. 사료를 먹을 때 턱과 코에 가루를 묻혀가며 와구와구 먹는 봉투와 달리 한 알 한 알 조심스런 동작으로 털에 전혀 묻지 않게 먹는다. 화장실도 스스로 지저분하다고 생각하면 이용하지 않는다. 우아하게 집사가 치우길 기다려주면 좋으련만 그렇게까지 참을성이 좋은 편은 아니라 화장실 입구에 똥을 눠버린다. 어떨 땐 오줌조차도 거실 입구에 위치한 중문 앞에 싸고 만다. 그리하여 집 구석구석이 봉달이의 화장실이 되어버렸다.

다행인 건 제때 화장실을 치우면 오줌은 모래에 싼다는 것. 그러나 똥은 아무리 화장실을 깨끗하게 치워놔도 99퍼센트는 입구에 눈다. 자기도 냄새가 나서 그런 건지 아니면 수치스러운 건지 자신의 위치가 적에게 노출될까 봐 빨리 은폐를 시키고 싶어서 그런 건지 계속 울어댄다. 시끄러워서(냄새가 솔솔 나기 시작해서 알아차릴 때가 대다수지만) 쳐다보면 똥을 싸고, 있지도 않은 모래 덮는 시늉을 하며 집사 쪽을 향해 울어댄다. 빨리 와서 치우라고.

처음엔 한두 번 실수를 하는 것이라 생각했다. 똥마려운 강아지 마냥 화장실에서 서성이면 살며시 다가가 슬쩍 화장실로 엉덩이를 밀어주고 똥을 누라고 말하면 눈치를 슬금슬금 보면서 똥을 누기도 했다. 그러나 매번 봉달이의 배변시간에 집에 있는 것도 불가능하고 집에 있다고 해도 그 타이밍에 똥 싸라고 종용(?)하기도 쉽지 않은 일이다. 그러다 보니 입구에 배변하는 횟수가 잦아졌고 이제는 화장실 앞쪽 바닥이 자신의 또 다른 화장실이라고 생각하는 지경에 이르렀다. 봉달이가 똥을 누면 이제는 휴지로 감싸서 버리고 그 자리에 소독제를 뿌리고 닦는다. 봉달이도 우리도 그렇게 하는 것에 익숙해졌다.

고양이의 큰 미덕 중 하나가 화장실에서 깔끔하게 자신의 똥과 오줌을 처리하는 것인데 이것을 못 하는 고양이를 키우고 있다니. 이 습관을 고쳐보려고 화장실을 네 개로 늘리고 여러 가지 방법을 써보기도 했지만 실패했다. 이쁜 목소리로 그러면 안 된다고 훈계도 해보고 때로는 눈을 흘기며 쌀쌀맞은 말투로 타박도 했지만 집사가 그러거나 말거나 오늘도 봉달이는 자기가 정한 화장실에서 큰일(?)을 보고 어여 치우라고 울어댄다.

고양이 똥냄새는 생각보다 훨씬 지독하고 적응도 되지 않는다. 모래에 묻어놔도 스물스물 콧구멍을 자극하는데 대놓고 밖에 똥이 있으니 그 냄새와 휴지로 감쌀때의 물컹한 느낌은 아주 별로다. 매일 한 번씩 때로는 두 번 치우는 게 귀찮기도 하다. 그런데 어느 날 문득 '봉달이가 이쁜 짓만 하고 귀여워서 사랑하는 게 아니지. 똥도 못 가리고 털도 여기저기 뿜어대지만 그럼에도 불구하고 사랑하는 거지' 하는 생각이 들었다.

언제부턴가 딸 아이에게도 남편에게도 조건부 사랑을 주고 있었다. '왜 이 녀석은 엄마 말은 귓등으로도 안 듣고 제멋대로인 거야. 미워 죽겠네.' '더 다정하게 말도 해주고 관심도 가져주면 안 되나? 그저 딸래미한테만 헤벌쭉해 가지고. 밥 달라고 할 때만 이쁘게 말하는 건 뭐람.' 이렇게 저렇게 해주면 좋을텐데, 그러면 더 많이 사랑할 텐데 사랑해 줄라고 해도 이유가 있어야 그렇게 하지. 매일 날 힘들게 하는 웬수들이라고 툴툴거렸다. 그냥 존재 자체로 사랑받을 수 있는 건데 항상 조건을 달고 살았다. 봉달이 덕분에 다시 한 번 마음에 새긴다.

사랑은 조건이 아니라 존재 그 자체로 성립한다는 것을.

예민은 병일까?
약일까?

봉투가 오른쪽 눈을 비빈다. 비비는 장면을 볼 때마다 걱정도 조금씩 올라온다. 잠시 뒤 윙크하듯 깜빡이던 오른쪽 눈이 다시 제 크기로 돌아온다.

"봉투! 눈 괜찮은 거지? 엄마가 또 오버했다."

퇴근 후 집에 오자마자 벌러덩 소파에 눕는다. 어디선가 자던 녀석들이 어슬렁거리며 거실로 나온다. 왔냐며 아는 체를 하더니 어제에 이어 봉투는 또 눈을 비빈다. 횟수가 생각보다 많아서 다시 살펴봐야겠다. 눈 밑의 털이 약간 젖어 있다. 휴지로 살짝 닦으니 핑크빛 분비물이 보이고 눈 주변 살들이 살짝 부어 있다. 고민의 여지없이 이동가방을 들쳐 안고 동물병원으로 간다.

의사 선생님을 보자 안도감보다 민망함이 앞선다. 의사 선생님의 표정에서 읽어버렸다. 그분의 속마음을. '저 호들갑스런 집사가 또 등장했구나.'

아이들이 작은 변화라도 보이면 집사의 마음은 요동치기 시작한다. 이상한 기침을 몇 번 하거나 작은 생채기를 발견하거나 눈 주변이 조금이라도 상한 것처럼 보이면 들쳐 업고 병원으로 직행하곤 했다. 그럴 때마다 선생님께서는 심한 게 아닌 것처럼 보이니 조금 더 지켜보자고 하셨다.

"아이들이 잘 먹고 잘 자고 잘 놀고 잘 싸면 심각한

질병이 아닐 확률이 높습니다. 조금 이상하더라도 일단 집에서 지켜보다 보면 저절로 사라지거나 낫기도 하니 너무 걱정하지 마셔요."

병원 입장에서는 대수롭지 않은 상태라도 찾아와서 진료를 받게 하는 게 더 수익이 발생할 텐데 양심적인 의사 선생님께서는 오히려 이상이 있어도 오지 말고 지켜보라고 하신다. 예민하고 엉덩이 가벼운(아이들 데리고 병원에 가는 일에는 평상시 게으른 모습과 달리 잽싸게 반응하는) 집사에게 따뜻한 위로를 해주신다.

한동안 이 말씀을 가슴에 새기고 예전 같으면 병원행이었을 다양한 상황들을 무사히(?) 넘기며 지냈는데 오늘은 기어코 방문했다. 병원에서 봉투의 눈을 얼핏 보니 멀쩡해 보인다. '이러면 집사가 우스워지는데… 아니지. 무슨 이상한 생각을 하는 거야. 괜찮으면 다행이지 뭐.' 이러고 있는데 다시 보니 피부가 상한 게 맞긴 하다. 눈 자체에 문제가 있는 건 아닌 것 같고 아이가 자꾸 비비다 보니 상처가 난 것 같다고 안약 두 개를 처방해 주신다. 그리고 덧나지 않게 2~3일 정도 넥카라도 하라고.

빽빽 울어대는 아이를 데리고 오면서 또 얼마나 불편해할지 생각하니 마음이 안 좋다. 예민한 엄마 때문에 가만히 두면 저절로 나을 걸 고생시킨 건 아닌가 후회도 된다. 예민함은 병일까? 약일까? 잘 모르겠다.

033

친절한
무관심이
필요한 시간

넥카라를 한 지 사흘이 되어가는 깊은 밤. 방문 앞에서 끊임없이 플라스틱 고깔을 긁어대는 봉투의 발소리에 잠이 깼다. 새벽 2시. 아이는 목에 닿는 부분이 간지러운지 끊임없이 엉뚱한 고깔만 탈탈 긁어댄다.

약하게 눈 주변이 상했으나 거의 나아가는 듯하고 그래봤자 한나절 먼저 떼는 것이니 괜찮겠지 하며 넥카라를 빼준다.

눈을 보니 살짝 털이 더 빠져 있지만 병원갔던 날보다는 상태가 좋아졌다. 봉투가 울든 말든 봉달이는 깨고 싶지 않은 시간을 즐기는 중.

퇴근 후 오자마자 어슬렁거리며 인사하러 나온 봉투를 은근슬쩍 만져주는 척하면서 안는다. 오른쪽 눈을 살펴본다. 아직은 약을 더 넣어줘야 좋을 것 같다. (아이의 눈을 위해서도 예민한 엄마의 마음을 위해서도.)

약을 넣어주고 기특하고 안타까워 치킨 트릿을 준다. 봉투가 간식을 먹든 말든 쿨쿨 자던 봉달이도 눈을 겨우겨우 떠가며 나온다. 이 녀석은 누워 있는 엄마 옆에 엥 하고 올라온다. 습관처럼 머리를 만져주려고 하는데 크고 작은 땜빵 세 군데가 보인다. '이건 또 뭐야?' 심장이 툭 떨어지는 소리가 들린다.

"너까지 아프면 안 되는데. 머리에 무슨 일이 벌어진

거야? 이 땜빵들은 또 뭐니?"

3일 전에 뛰어갔던 병원으로 가고 싶지만 한 번 참는다. 휴대폰을 켜고 또 한 번 참는다. 일단 검색을 해보자.

작년 초겨울 땜빵과 상처로 한 달 정도 고생한 봉달이가 또 아픈 거면 어쩌나 걱정이 앞선다.

고양이 땜빵이라 검색하니 여러 글들이 나온다. 그 중 가장 무서운 것은 링웜이라는 질병인데 이 병은 사람에게도 전염이 될 수 있기 때문에 빨리 치료를 해야 한다고 한다. 링웜의 증상은 일단 상처 주변 털들도 손으로 살짝 당기면 쉽게 빠지고, 부위가 빨갛고 딱지 같은 것들이 보이며 누가 봐도 어디 아픈 느낌이 드는 것으로 읽혀진다. 탈모의 원인은 다양한데 다묘 가정의 경우 서로 격투(?)를 벌이다가 털이 뽑힐 수도 있고, 심한 스트레스를 받거나 심리적으로 불안한 경우 그루밍을 과하게 해서 그럴 수도 있단다. 바르는 심장사상충 약의 부작용일 수도 있다고. 봉달이의 경우 마지막일 확률이 제일 크다. 봉투는 병원에서 진료를 받고 사상충 약을 머리에 바르고 왔고 봉달이는 그 다음 날 아침 집사가 직접 정수리 쪽에 발라주었다. 그전에도 발라준 적이 있었는데 그때는 증상이 없었는데(목이라 모르고 지나갔을 수도 있고) 세 군데 불규칙적인 크기의 땜빵이 생겼다.

아무리 봐도 털 빠진 자리가 붉거나 비듬같은 딱지도 보이지 않으니 링웜은 아닌 것 같고 일단 지켜 보기로 한다. 물론 의사가 아니니 확신할 수는 없지만 병원에 갔어도 선생님도 지켜보자 하실 게 99퍼센트 확실하다. 그간 예민한 집사의 잦은 방문으로 얻은 눈치로는.

아침에 일어나자마자 문 앞의 봉투를 안아서 오른쪽 눈을 살핀다. 그리고 나서 해먹에서 나와 기지개 켜는 봉달이를 안고 정수리 쪽 땜빵들을 본다.

"괜찮아질 거야. 봉투와 봉달이에겐 시간이 필요할 뿐. 나만 괜찮아지면 되는 거야."

조용히 스스로에게 말한다.

지금은 친절한 무관심이 필요한 시간이다.

마음이
쪼그라들
때

고양이가 조금만 이상해도 저절로 반응하는 몸뚱아리를 어찌할 수가 없다. 왜 이렇게 안절부절못하는지 깊게 들여다봐야겠다. 물론 그러기에는 지금 빨리 세수를 하고 두 개의 화장품을 겨우 바르고 출근 준비를 서둘러야 하지만 머리는 따로 놀 수 있으니 한 번 파고 들어가 보자. 차가운 물이 얼굴에 닿자 생각이 올라온다.

'아픈 건 아닌가 걱정부터 하지 말고 차분하게 검색도 하고 지켜보다가 여차 하면 병원에 데리고 가면 되지. 치료가 필요하면 그렇게 하면 되는 거다.'

왜 이렇게 쪼그라드는 걸까? 방법이 없는 것도 아닌데 말이다. 왜?

도대체 왜? 파헤치고 보니 이런 답이 나온다. 아이들은 항상 건강해야 한다는 말도 안 되는 생각이 그 원인이라고! 아이들은 이쁘고 귀엽기만 한 털복숭이 인형이 아니라 아플 수도, 다칠 수도 있는 생명이다. 내 뜻대로 또는 내 바람대로 평화롭고 건강한 일상이 유지되어야 한다는 생각이 나를 힘들게 한다. 완벽주의자도 아닌 주제에 이런 터무니 없는 바람을 갖고 산다는 게 우습다.

그럼 어떻게 해야 하나? 불안이랑 손 잡고 나오는 걱정이란 녀석을 때려 잡아야지. 이럴 때 '까짓것 정신'을 등판시켜야 한다.

까짓것 아프면 병원 가서 치료받고 고치면 되지!

까짓것 힘든 일이 닥치면 힘들어 하면서 지나갈 때
까지 버티면 되지!

까짓것 그 시간인들 안 지나가겠어?

발톱

주기적으로 봉봉이의 발톱을 깎아주려고 노력한다. 스크래처에 발톱을 긁으며 열심히 손질을 하지만 역부족이라 사람의 손길이 필요하다. 열심히 긁어대는 데 어느새 바늘처럼 끝이 뾰족한 발톱을 보면 먹는 게 털과 발톱으로만 가는 듯 싶다. 발톱을 제때 깎아주지 않으면 여러 부작용이 발생한다. 귀엽다고 배를 간지럽히면 조금 참아주다가 확 할퀼 때가 있는데 피가 나올 정도로 깊게 상처가 생긴다. 둘이서 사이좋게 핥아주다가 갑자기 엉켜 붙어 싸울 때 생채기를 내기도 하고 뾰족한 발톱에 털뭉치가 뽑히기도 한다. 그러니 너무 길지 않을 때 잘 깎아줘야 하는데 게으른 집사는 타이밍을 놓치는 경우가 많다.

딸아이가 뿔이 났는지 전화 속 목소리에 짜증이 잔뜩 묻어 있다. 최대한 다정하게 대답했는데 본인이 원하는 답이 아니라 화가 났는지 엄마의 말은 듣지도 않고 끊어버린다. 이런 경우가 생기면 여러 가지 생각에 얼굴이 굳어진다. 일단은 아이가 왜 화가 났는지 궁금하기도 하고 걱정이 된다. 그 후엔 아이가 왜 예의없이 구는가 싶어 화가 난다. 그러다가 우울해진다. 왜냐하면 결국은 엄마의 잘못된 양육 방식으로 아이가 이런 행동을 한다는 결론에 다다르기 때문에.

속상함이 얼굴에 여지없이 드러나는 버릇은 반백 년이 지나도 잘 고쳐지지 않는다. 인문학 수업 중간에 잠시 나가서 한 통화로 표정은 굳어지고 웃음기도 사라진다. 수업이 끝나갈 무렵 선생님께서 수업에 대한 후기나 고민을 얘기해 보라고 하신다. 아이의 행동이, 엄마가 잘못 가르쳐서 벌어진 것 같은 자책감 때문에 괴롭다고. 선생님과 수업을 같이 듣는 분들의 위로 섞인 말씀이 들려온다.

"행동의 원인이 다 부모로부터 나오는 건 아닙니다. 청소년이라는, 게다가 입시를 준비하는 고등학생이라는 심리적 압박감이 가장 편하다고 여기는 엄마에게 화를 내는 것으로 표출될 때도 있어요."

"우리 아들은 대학생이 되더니 자신의 고등학교 시절의 모습을 객관적으로 바라보고 저에게 사과를 하더라고요. 시간이 지나면 언제 그랬냐는 듯 의젓해져 있을 테니 걱정하지 마세요."

"아이 감정의 쓰레기통 역할을 본의 아니게 하는 것도 힘들 텐데 거기다 자책감까지 얹어서 자신을 들들 볶지 않았으면 좋겠어요."

들고 보니 나는 자책감이라는 발톱으로 마음에 생채

기를 내고 있었다. 이미 너덜거리는 마음에다 말이다.
나의 날카로운 발톱을 깎아주는 분들이 옆에 계셔서 다
행이다.

　무뎌진 발톱만큼 굳어 있던 얼굴도 어느새 부드럽게
풀려간다.

누가 더
행복할지
어떻게
알아요?

그림도 그리고 글도 쓰고 좋은 분들과 담소도 나누는 아지트에는 귀여운 고양이들도 가끔 놀러온다. 책방 지기님이 주는 사료와 물을 먹으러. 어떨 때는 까치들도 놀러와 염치 없는 걸 아는지 눈치를 보며 한 알 한 알 먹기도 한다. 아무튼 좋은 곳엔 사랑스러운 동물들이 끊임없이 방문한다.

바람은 차고 눈은 쉴 새 없이 내리는 겨울의 어느 날, 이제 겨우 2~3개월 정도 자란 아기 고양이가 밥을 먹으러 온다. 발이 시려울까 봐 상자를 깔고 그 위에 밥그릇을 올려놓았는데 눈이 내려 아무 도움이 되지 못한다. 안에 있는 사람들이 궁금한지 밥을 먹은 후 문 앞에서 쳐다보는 모습이 너무 귀여워 더 안쓰러운 마음이 든다. 따뜻한 집에서도 이불 속에 들어가 자다 분홍색 코가 짙어지다가 터질 것 같으면 거실로 나와 바닥에 대자로 누워 열기를 식히는 우리 집 아이들이 떠오른다.

유독 바람이 심하게 불고 눈이 많은 이 겨울, 길에서 사는 아이들은 어디서 눈과 바람을 피하며 지내는지 모르겠다.

"저 아이들은 이렇게 추운 날 어디에서 잠을 자고 밥을 구할까요? 여기서 주는 밥으로 다 해결할 수 없을 텐데. 집에 있는 봉봉이들을 생각하니 더 안타깝고 불쌍해요."

나도 모르게 나오는 말에 같이 그림을 그리시던 분이 말씀하신다.

"길에서 여기저기 뛰어다니며 본성대로 사는 저 고양이들이 더 행복할지, 길들여진 채 사는 호수님네 고양이들이 더 행복할지 누가 알겠어요?"

이런 생각은 해본 적이 없어서 순간 말문이 막힌다. 누가 더 행복할지 물어본 적도 물어볼 수도 없는데 내 마음대로 판단하고 연민과 동정이라는 감정을 마구 뿌려대고 있었구나. 그렇지만 삭막한 도시에 사는 아이들, 생존의 위협이 어디에나 있는 환경 속에서 사는 아이들이 걱정되는 건 어쩔 수 없다.

눈이 그치고 아기 고양이는 노랑 고양이랑 길 건너편에서 엎치락뒤치락하며 놀고 있다. 복잡한 인간의 마음도 엎치락뒤치락한다.

잠이 모자라
예민한 사람의
말도 안 되는
상상에 대하여

나이가 들며 다행인 일이라고 하면, 역지사지가 어릴 때보다 자주 된다는 것. 사람뿐만 아니라 요즘은 동물에게도 종종 적용이 된다.

이른 시간 산책을 하다가 두 마리의 청둥오리를 만난다. 건빵을 주시는 아주머니 앞에서 먹고 싶어 꽥꽥거리는 모습이 우습기도 하고 귀엽기도 하다.

"건빵 한 번 줘보시겠어요?"

뜻밖의 권유에 기쁜 마음으로 그러겠다고 한다. 반으로 잘라 아까 못 얻어먹은 녀석 앞에 던져주고 간식에 진심인 다른 녀석은 직접 입 근처로 가져가니 홀랑 받아먹는데 그 순간 부리가 손에 닿는다. 딱딱하긴 하지만 공격적이지 않은 느낌. 웃으며 다시 갈 길을 가기 시작하는데 걱정이 몰려온다. 이런 류의 걱정은 전혀 이성적이지도 상식적이지도 않으며 당연히 합리적이지도 않다.

'조류에게만 있는 병균(?) 같은 게 봉봉이들한테 옮겨지면 어쩌지? 봉달이 땜빵이 곰팡이균으로 인해 생기는 링웜은 아니지만 밖에서 돌아다니던 가족들이 묻혀온 이상한 바이러스에 감염되면 안 되는데…' 말도 안 되는 의식의 흐름이 만들어내는 불안 속으로 빠져들어가던 차에 순간 뒤통수를 맞은 것처럼 생각이 확 전환된다.

'봉봉이가 아니라 저 청둥오리들을 걱정해야지. 아이

들 근처 바다에 건빵을 주면 될 것을 본인 즐겁자고 손으로 쥐서 혹시나 인간이 가진 나쁜 균을 옮긴 건 아닌가.'

항상 이런 식이다. 자기 중심적인 인간이다 보니 자기가 동물이나 식물을 괴롭히는 건 생각 못 하고 평화롭고 착한 존재들에게 피해를 입을까 봐 걱정하는.

예전에 친구와 가끔 농담처럼 서로 주고 던진 말이 떠오른다.

"너만 잘하면 돼!"

또또또
또 자
또 너
또야

또 자? 또 너? 또야?

봉투와 봉달이는 맨날 또 먹고 또 싸고 또 놀고 또 잔다.
어제도 오늘도 내일도 또또또 그럴 거다.

어제도 먹고 싸고 놀고 잤다.
오늘도 먹고 싸고 놀고 잔다.
내일도 먹고 싸고 놀고 잘 거다.

항상 하는 일상인데 항상 새롭다.
새롭게 먹고
새롭게 싸고
새롭게 놀고
새롭게 잔다.

나도 맨날 또 먹고 또 싸고 또 놀고 또 잔다.
어제도 오늘도 내일도 또또또 그럴 거다.

어제도 점심을 먹으면서 저녁에 무엇을 해서 먹을까 걱정을 했다.

오늘도 싸면서 내일 변비가 올까 봐 걱정을 한다.

내일도 놀면서 다음에는 어디 가서 뭐 하고 놀아야 할지 걱정을 할 거다.

자려고 누워서도 뭐 먹을지 변비는 괜찮을지 뭐하고 놀지 걱정을 한다.

걱정하면서 먹고
걱정하면서 싸고
걱정하면서 놀고
걱정하면서 잔다.

봉투와 봉달이는 또 먹고 또 싸고 또 놀고 또 자는 게 즐겁다.

그래서 평생 아이로 산다.

걱정과 함께 사는 집사는 매일매일 주름이 진다.

먹을 때는 먹고
쌀 때는 싸고
놀 때는 놀고
잘 때는 자자.

계속
기다렸던
거야?

새벽 기상은 계속해도 적응이 안 되지만 엄청난 책임감이 몸을 일으키니 그렇게 하루가 시작된다. 아이를 평상시보다 일찍 데려다 줘야 하는 날이라 긴장을 했는지 알람이 울리기 몇 분 전에 눈이 떠진다. 평상시에는 봉투의 흐느낌에 가까운 소리에 일어나는데 오늘은 조용하다. '웬일이래?' 하며 문을 열었더니 봉투가 대뜸 문 앞에 앉아 쳐다본다. 그 뒤에 우아한 자태로 배를 축 늘어뜨린 봉달이도 바라보고 있다.

엄마가 나오자 신이 난 봉투는 얼른 밥그릇 쪽으로 (어여 따라와서 평상시처럼 밥을 채우라고) 가고, 봉달이는 여기저기 만져 달라고 벌러덩 눕는다. 사료를 더 채워주고 맛있게 먹는 봉투 엉덩이 한 번 만져주고, 그 옆에서 배를 까고 애처로운 눈빛으로 쳐다보는 봉달이를 실컷 쓰다듬어 준다.

이젠 출근 준비 시작! 몸은 일으켜 주기만 하면 알아서 할 일을 하고 일하러 갈 태세를 끝마치니 기특하고 안쓰러운 녀석이다. 누군가 그랬다. 일단 문밖으로 몸을 내보내기만 하면 자기가 알아서 모든 일을 해치운다고. 하루 할당량의 일을 다 해내니 나가기만 하라고.

열심히 출근을 하다가 문득 문 앞에 앉아 있던 아이들이 떠오른다. 가만히 문을 바라보며 앉아 있던 봉투와 누워 있던 봉달이가. '계속 기다렸던 거야?' 이런 생각이 드니 마음이 몽글몽글해진다. 거의 매일 알람보다 일찍 깨우는 녀석들이 귀여우면서도 가끔은 원망스럽기도 했는데 알고 봤더니 아이들은 기다릴 수 있을 만큼 끝까지 기다리다가 더 이상 참을 수 없을 때 울거나 문을 긁으면서, 그도 아니면 굴러서 문에 부딪히며 집사를 부른 것이었다. 피곤에 절어 있는 집사를 보고 안쓰러워서 더 자라고 그런 건지 아닌지는 모른다.

그러나 자기들 나름대로 기다려 준다는 걸 알게 되자 사랑받는 느낌이 물씬 든다.

그래, 나만 사랑하는 게 아니고 너희도 날 사랑하는구나.

곱슬
머리

비가 오면 봉투의 털은 곱슬이 된다. 매번 새롭고 매번 우습다.

봉달이는 털이 굵고 빳빳해서 비가 오나 눈이 오나 직모를 유지하고 있지만 밍크처럼 가늘고 부드러운 털을 가진 봉투는 비가 오면 털이 부숭부숭해진다. 사람도 평상시에는 직모처럼 보이지만 비가 오면 약간 곱슬거릴 때가 있는데 고양이도 그러니 신기하고 재밌다.

장마철인 요즘 오랜만에 비다운 비가 내리는데 우리 봉투가 부숭부숭해져서 다가온다.

"우리 봉투 오늘 곱슬이네. 흐흐흐"

털이 부풀어서 1.5배 커져 보이거나 그런 건 아니고 평상시와 거의 똑같지만 그 미묘한 차이를 집사는 안다. 그 섬세한 차이가 아이를 더 귀엽게 만든다.

사랑하는 대상의 미세한 변화를 알아차리는 것은 꽤 즐겁고 유쾌한 일이다.

귀여운
쌍궁둥이

출근 시간보다 일찍 도착하는 날들이 이어지고 있다. 회사 뒤편엔 산도 있고 연못도 있다. 낭만적인 시골도 아닌데 운 좋게 대도시의 끄트머리라 그런지 자연환경이 좋다. 회사에서 2~3분만 걸어 나가도 작은 둘레길에 정자도 있고, 연못도 있다. 연못엔 언제부턴가 원래 살던 왜가리 말고 청둥오리들이 날아와 자리를 잡았다. 수컷 세 마리와 암컷 한 마리가 보이는데 운 좋은 수컷은 암컷과 쌍을 이루고 나머지 수컷 두 마리는 괜히 기웃거리다가 힘쎈 남편에게 호되게 당한다.

어느 날부터 이 불쌍한 수컷 두 마리는 다른 의미의 짝을 이루어 여기저기 돌아다니고 헤엄치며 다닌다. 한 녀석은 부리가 노랗고 다른 녀석은 부리가 파랗다. 부리색이 다른 것 빼고는 덩치도 같고 털색도 같고 생긴 것도 같고 뒤뚱거리며 걸을 때 움직이는 토실토실한 엉덩이도 같다. 꼭 우리 봉투랑 봉달이 같다. 살이 쪄서 살이 오른 궁둥이에, 항상 같이 다니는 것, 비슷한 점이 많다 보니 더 마음이 간다.

언제부턴가 운동하러 오거나 산책하는 분들이 간혹 간식을 주니 사람에 대한 두려움이 없어진 건지 가까이 가도 도망치지 않는다. 오히려 연못에서 헤엄을 치다가도 "꽥꽥" 하고 부르면 "꽤엑꽤엑" 하고 대답하며 부지런히 줄을 지어 연못의 물을 가르고 땅으로 올라와 아는 체를 한다. 어쩌다 한 번 우연히 그런 거겠지. 다음 날도 불러본다.

"꽥꽥"

"꽤에엑, 꽥, 꽤엑"

저 뒤에서 들리는 소리. 그쪽으로 가니 수풀로 우거져서 그늘진 곳에서 둘이 헤엄치며 놀고 있다. 자기들이 어디 있는지 알려주는 것 같다.

어떤 날은 암컷 한 마리가 헤엄치고 있으니 둘이 따라다니느라 정신이 없다. 아무리 불러도 대답은커녕 본 척도 하지 않는다. 사람이나 청둥오리나 남자들이란….

주말이 지나고 오랜만에 두 아이를 보러 간다. 유유히 연못에서 놀다가 '꽥꽥' 하고 부르니 정말 거짓말처럼 기다렸다는 듯이 최선을 다해 헤엄치고 뒤뚱거리며 땅으로 올라온다. 간식을 줄 인간인 줄 알았는데 불러놓고 쳐다만 보니 시큰둥해져서 열심히 각자 털을 고르고 있다. 그래도 자기들 팬인 줄 아는지 1미터 정도 거리에서 열심히 부리를 움직인다. 꼭 봉봉이들이 그루밍하는 것 같다. 이 아이들을 볼 때마다 봉봉이도 생각이 나니 더 정이 가고 이쁘다.

자꾸 부르기만 하고 아무것도 주지 않으니 미안한

마음이 들어 다음엔 떡뻥튀기를 챙겨 가야겠다고 다짐한다. 이왕이면 좋은 걸 먹이고 싶어 생협에 가서 아기들 먹는 과자를 구매하고 가방에 잘 넣어 둔다.

'오늘은 이 간식을 줘야지' 하면서 찾아갔는데 엉뚱한 곳에서 꽥꽥거리는 소리가 난다. 연못에서 한참 떨어진, 아이들 체험용 모내기하는 작은 논에서 놀고 있다. 가만히 보니 그 암컷이 거기에 있으니 두 녀석은 따라다니느라 정신이 없다. 아무리 불러도 보지 않고 암컷의 꽁무니만 쫓아다닌다. 아무리 '까까 먹자!' 하고 소리쳐도 쳐다보지도 않는다.

"큰 맘 먹고 유기농으로 챙겨 왔더니만. 이 녀석들! 간식 먹을 팔자가 아닌가 보네."

열심히 꽥꽥거리며 불러댄 스스로가 민망해진 나머지 머쓱한 타박을 하고 돌아선다. 아쉬움을 잔뜩 담은 발걸음을 옮긴다. 내일은 과연 너희가 간식을 먹을 수 있을지 아니 먹으러 올지 모르겠다만 한동안 아줌마는 우리 봉봉이랑 똑같은 엉덩이의 소유자인 너희들에게 마음을 빼앗겨 계속 놀러 올 예정이니 기다리고 있어라.

돌아올 수 없는
강⑺을
건너버린
오리들

지난번에 못 준 간식을 기필코 주리라 다짐하고 더 일찍 연못으로 나선다. 노랑 부리와 파랑 부리를 가진 아이들이라 노랑이랑 파랑이로 이름을 붙이려고 했는데 세상 가장 식상한 이름 같아서 궁리하다 보니 영어로 오리가 덕이라 노덕이, 파덕이는 어떨까 싶다. 어떤 분께 말씀드리니 피자 같다는데 그럼 가끔 찬조 출연(?)하는 이쁜 암컷 오리는 화덕이로 불러야겠다. 이름을 붙여 주니 마치 밖에서 키우는 또 다른 봉봉이 같은 느낌이 들어 바라보는 눈빛이 한층 더 찐득해진다.

아이들을 찾아보는데 연못에서 보이지 않는다.

"어디 갔지? 애들아! 간식 가져 왔어! 꽥꽥"

"꽤액꽥"

"꽤꽥 꽤꽥"

두 마리가 마치 대답을 하듯 옆에서 쏙 나온다. 뒤뚱거리며 연달아 나오는 모습이 귀엽다.

"어제 안 먹은 간식 먹자!"

열심히 잘라서 바닥에 던져준다. 파덕이는 몇 조각 먹는데 노덕이는 시큰둥하다. 탐조가 취미인 분의 말씀에 따르면 파덕이의 부리가 파란 것은 어릴 때 사료를 먹어서라고. 아마도 사람 손에서 키워지다가 방생되었거나 탈출했을 거라는데 이 아이의 과거가 궁금하지만

일단은 간식을 먹이는 게 우선이니 다음에 더 궁금해하기로 한다.

절대 포기를 모르는 여자는 아이들에게 다가가며 과자들을 흩뿌린다. 노덕이도 '옛다! 네가 하도 애원하니 한 번 먹어주마!' 하듯이 두 조각 정도 콕콕 찍어 먹다가 둘이 뒤도 안 돌아보고 연못으로 들어가 버린다. 나올 때도 줄줄이 나오더니 들어갈 때도 꼭 줄지어 들어가니 질서 의식이 투척한 오리들이다. (그러나 예의는 없는 것 같다. 감사하다는 인사도 안 하고 쌩 가버리는 걸 보면.)

부지런히 움직여야 커피 한 사발(?) 마시고 일과를 시작할 수 있으니 아쉬운 마음은 연못에 던져두고 '다음에 보자' 하며 돌아선다. 건물 입구로 향하는 길에 짧은 산책을 하러 나가는 동료를 만났다.

"오리들이 뻥튀기를 잘 안 먹네요. 지난번에 보니 건빵은 잘 먹는 것 같던데."

"걔들 빠다코코낫 과자 먹어요!"

앗! 속세의 맛을 알아버린 노덕이와 파덕이는 건강한 떡뻥은 맛이 없었던 것이다. 어떤 분이 이번 여름 벌써 에어컨을 켜기 시작했다고, 이젠 돌아올 수 없는 강을 건넜다고 하신 표현이 너무 웃겼는데 니들도 그랬구나.

소유하고
싶은
마음

이른 아침 회사에 도착하려면 자는 척하며 밍기적거리는 새벽의 30분을 포기해야 하고, 밍기적거리면서 봉투, 봉달이와 시답잖은 얘기를 하는 것도 포기해야 하며 (일방적인 독백이지만 눈빛으로 때로는 진짜로 '엄마~ 앙' 하는 봉달이의 대답으로 주로 이루어지는) 부팅이 덜 된 무딘 동작도 즐길 수 없다. 출근 시간보다 한 시간 이상 먼저 가는 걸 자의로 선택한 건 아니지만 어찌 되었든 일찍 와서 좋은 점은 요즘 새로 사귄 덕덕이들과의 평화로운 시간을 여유롭게 즐길 수 있다는 것이다.

오늘은 부르지도 않았는데 발소리만 듣더니 체험용 논과 이어진 비탈 쪽에서 꽥꽥거리며 반갑게 다가온다. 간식이 들어 있는 봉지의 바스락거리는 소리를 듣고 온 걸까? (봉봉이들이 츄르를 만지는 소리나, 트릿통 흔드는 소리에 귀신같이 반응하는 것처럼) 아무튼 이렇게 먼저 아는 체 하는 아이들이 어찌 사랑스럽지 않을 수 있을까! 부지런히 떡뻥튀기를 먹기 좋게 잘라서 아이들 앞에 던져 준다. 돌아올 수 없는 강을 건너버린 입맛인 줄 알았는데 이젠 고소한 과자를 주시는 분이 안 오시는 건지. 잘 모르겠지만 지난 번부터 쌀과자도 맛나게 먹는다.

"옳지! 건강하게 살려면 이런 걸 먹어야지!"

외면당했던 비싼 유기농 뻥튀기를 주니 다시 한 번

뿌듯함이 올라온다. '친구가 된 오리들에게 얼마 되지 않는 양의 비싼 과자를 사주는 난 멋져!' 뭐 이런 생각도 곁들여서 말이다. 잘 먹으니 신이 나서 주려던 것보다 더 많이 뿌린다. 그리고 아쉽지만 나중에 보자 하고 발길을 돌린다.

가늘게 내리던 비가 멈추고 하늘이 유난히 맑고 파래서 저절로 기분 좋아지는 시간. 따가운 햇살도 그늘에선 힘을 못 쓰고 바람이라도 불면 그대로 사라진다. 이쁜 풍경들을 사진에 담으며 다시 노덕이와 파덕이가 사는 연못으로 향한다. '니들은 좋겠다. 귀찮게 옷 갈아입을 일도 없겠네. 외출복이자 수영복이자 잠옷을 입고 사니 더우면 헤엄치고 추우면 볕을 쬐고 그러다 더우면 헤엄치고 말이야' 하며 부러움 가득 담은 걸음을 옮기는데 '태초의 인간도 피부가 외출복이자 수영복이자 잠옷이었겠네. 옷이라는 물건을 만들기 전에는.' 이런 생각이 들어 새삼 입고 있는 원피스가 거추장스럽게 느껴진다.

소독도 될 것 같은 강렬한 햇살을 피했는지 연못에 아이들이 보이지 않는다.

"꽥꽥"

하고 부르자, 저 멀리 수풀 우거진 곳에서 "꽤에액,

꽥액"하며 소리가 들린다.

　잠시 기다려도 소리만 멀리서 들려올 뿐 덕덕이가 보이지 않아 찾아보려고 이동하는데 저쪽에서 수풀을 헤치고 서두르듯 헤엄쳐서 다가오고 있는 것이 아닌가! 아는 체하며 다가오는 아이들이 귀여워서 빈손으로 온 게 미안할 따름이다.

　"미안해. 간식을 가지고 오질 못했어. 그래도 반갑지? 다음에 꼭 가져올게."

　듣는지 안 듣는지 확인할 길 없지만 혼잣말을 하며 사과한다. 그러면서 귀여운 아이들을 위에서 옆에서 사진으로 남기느라 정신이 없다.

　간식을 기대했던 아이들은 이제 심드렁해져서 부리로 열심히 털을 고르며 꽃단장을 한다. 그 모습을 넋 놓고 바라보고 있는데 갑자기 '꽥꽥'거리며 좁은 산책길 쪽으로 나와 어디론가 급히 뒤뚱거리며 뛰어간다. 할아버지 한 분이 비탈로 올라오시는데 혹시나 간식을 얻어먹을 수 있을까 하는 마음에 달려나간 것이다. 오리들의 마음을 알 길 없는 할아버지는 쓱 쳐다본 후 내려가시고 다시 우리 셋만 남는다. 내가 오라고 할 때만 오고 가는 아이들이 아니라는 것을 당연히 알면서도 눈으로 보니 괜히 섭섭하고 심술이 난다. 노덕이랑 파덕인 내 오리들인데 다른 사람에게도 애교를 떠는 걸 보니 심사가 뒤틀린다. '너희들 주려고 이제는 인간 딸에게도 사주지 않는 유기농 과자도 사 왔는데 니들이 어떻게 이럴 수 있니…'

벤치에 앉아서 씩씩거리고 있는데 1미터 남짓한 거리에서 그러든지 말든지 털 고르기에 열중이던 녀석들이 거짓말처럼 슬금슬금 다가 온다. 50센티미터 정도의 거리까지 다가와서 다시 단장을 하고, 파닥이는 머리를 갸웃거리면서 쳐다보기도 한다. '와! 이 속 좁은 아줌마가 삐친 거 알고 풀어주려고 온 거야? 오리 아이큐는 얼마나 되려나! 혹시 천재 아니니?' 수컷 두 마리가 항상 짝지어 다니는 모습에 봉봉이가 떠올라 사랑에 금방 빠졌는데 밀당의 귀재인 것까지 똑같다니!

손을 뻗으면 노덕이 머리도 만져줄 수 있는데 그러지 않기도 한다. 놀라게 하고 싶지 않다. 애들이 느끼기에 안정감을 갖는 거리에서 사랑을 주고 싶다. 욕심껏 표현하지 않으려고 한다. 언제나 과한 것보다 모자른 것이 나으니. 너희만의 아줌마가 아닌 것처럼 덕덕이도 나만의 오리가 아니다. 그러니 우리끼리 딱 이 정도의 거리를 두고 좋아하는 마음을 나누면 된다.

순수한 존재들은 본능적으로 안다. 누가 자기를 사

랑하는지. 그래서 아기들도 봉봉이도 덕덕이도, 조금은 시끄럽지만 그래도 순수하고 싶은 순수하지 않은 아줌마가 겨우 지켜낸 작고 순수한 사랑을 의심없이 받아준다. 그 믿음에 반하지 않도록 그들이 원하는 거리를 지켜가며 그렇게 사랑하려고 노력하며 산다. 쉽진 않지만.

PART. 2

어떤 하루

인생의
기본값은?

독립출판을 하게 된 후 영업(?)도 처음 경험한다. 내가 그동안 해온 일은 영업이 필요하지 않은 일이라서 거절을 당해본 적이 별로 없다. 그래서 소위 까이는 경험이 별로 없었다는 것도 깨닫는다. 온실 속 화초처럼 산 것도, 일한 것도 아닌데 거절에 익숙하지 않다는 것을 이제야 알게 된다. 입고 요청 메일을 보내면 거절의 답을 보내주는 친절한 책방이 있고 조용히 침묵으로 의중을 알려주는 점잖은 서점도 있다. 답장이 있든 없든 우아한 거절을 배우기는 매한가지.

그러나 거절을 익히는 것은 생각보다 쉽지 않다. 열 개의 서점 중 한 곳이나 두 곳에서 입고를 받아준다. 처음엔 이해가 되지 않았다. 독립출판물의 경우, 선매(먼저 사는 것)보다 위탁이 거의 대다수, 판매가 이루어진 후에 정산을 해주는 경우가 90퍼센트 정도다. 그러니 부담이 없지 않을까 하는 순진한 생각으로 입고 요청 메일을 보내고 상심한다. 그러다가 '영업의 기본값은 거절'이라는 명언(?)을 듣고 마음을 다잡는다. 이 명언을 가슴에 새기고 나니 입고요청 메일을 보내거나 SNS에서 직접 메시지를 보내 관심이 있으면 메일 주소를 알려달라고 하는 건 아무렇지도 않다. 어차피 거절이 기본값이니 창피할 것도 주저할 것도 없다.

그렇다면 인생의 기본값은 뭘까? 무엇으로 설정해 봐야 어떤 상황을 만나도 당황하지 않을까? 흔히들 인생은 고통이 기본이라고 말한다. 행복은 어쩌다 간간히 만나는 건데 우리는 행복을 강요받는 시대를 살고 있다고. 그리 오래 산 건 아니지만, 살아보니 고통이 기본값이 맞다. 하루하루는 고단하고 한 시간 한 시간 피곤하다. 웃을 일보다 찡그릴 일이 많고 행복한 느낌보다는 힘든 감정이 많다. 그러니 '왜 나만 힘든 것 같지? 남들은 죄다 행복해 보이는데.' 이런 착각은 하지 않는 게 현명하다. 별스타그램 속 웃고 있는 사람들 사진 뒷면에, 글의 행간에 아픔이 숨어 있으니.

힘들수록 더 좋은 것만 올리고 도피하고 싶어하는 게 인간이다. 센 척하는 게 쭈굴이가 되는 것보다 훨씬 멋져 보이니까. 내 경우도 그렇다. 힘들수록 밖에서 더 웃고 즐겁게 떠든다. 그래야 마음 속 겁쟁이를 숨길 수 있으니까.

고통을 기본값으로 설정해 놓으면 오늘 하루 힘들다고 해도 덜 억울하다. 이게 기본이니까. 만약 오늘 기분 좋은 일이 생겼다면 인생의 보너스이니 땡잡은 걸로!

반
손님

책방지기들의 책담회에 우리 선생님(〈낮잠과 바람〉 대표님), 독립출판 동기분과 함께 '안착프레스'라는 서점에 갈 일이 생겼다. 여러 책방지기님들께 인사도 할 수 있는 좋은 기회이니, 즐겁고 들뜬 마음으로 토요일 오후를 맞이한다.

각자의 인생 책 소개와 가장 인상 깊었던 손님에 대한 이야기로 채워진 시간은 순식간에 지나갔다. 우리를 독립출판의 세계로 이끌어주신 선생님의 기억에 남은 손님은 어떤 분일지 무척 궁금했다.

그 대답을 들어보니 열심히 귀를 쫑긋하고 있는 나, 그리고 같이 오신 앗트님이란다. 선생님의 멋진 말씀을 재해석해 보자면 우리 같은 손님들이야말로 책방지기의 자존감을 세워주는 일등 공신들이라고. 그리하여 우리는 책방의 가족 같기도 하고 손님이기도 한 '반 손님'이란다.

처음 듣는 이 단어의 의미가 너무나 따뜻해서 마음에 잔잔한 물결이 인다. 책을 만드는 과정에서 새로운 인연들이 생겼다. 서로 살뜰하게 챙기면서 나이와 성별을 초월한 우정이 쌓이고 있다. 열심히 책방에 다니면서 더 잘 살기 위해 노력하고 있는, 살짝 나이 든 사람에 대한 애정과 다정함이 느껴진다.

오늘도 반 손님 자격으로 조용히 책방 문을 두드려야겠다.

꿈자리가
사나운
날

아이가 학교에 7시까지 가야 한단다. 오늘부터 한달 남짓한 기간을. 6시에 출발해야 도착해서 삶은 계란이라도 먹여 들여보낼 수 있다. 어젯밤 피곤함이 몰려와서 그런가 유난히 봉달이의 땜빵이 더 크게 보이고 가슴은 벌렁거린다. 내일 병원에 데리고 갈 것인가 말 것인가 괴로워하다가 잠자리에 들었다. 그래서 그런 건지 낮에 마신 커피 때문인지 새벽녘 정신사나운 꿈을 꾸기 시작한다. 아이를 데려다주는 등굣길이 험하디 험하다. 심지어 바다를 낀 모래사장. 파도는 들이치고 차 바퀴는 푹푹 빠지고 갈매기들은 앞다투어 차 앞을 날아다니며 시야를 흐리게 하는 상황에서 낑낑거리며 운전하다가 희미한 알람 소리를 듣고 일어났다.

잔 것도 아니고 안 잔 것도 아니고… 멍하니 소파에 누워 휴대폰을 열고 이곳저곳 기웃거린다. 어젯밤 엄마를 불안하게 만들었던 땜빵 봉달은 옆으로 와 골골거린다. 쓰다듬어 주기도 전에 기분이 좋다고 온몸으로 표현하는 녀석을 보니 미소가 절로 나온다. 사랑을 느끼는 호르몬은 3년 정도 나온다 하던데 남편과는 그 기간이 지나자 슬슬 데면데면해졌다. 그런데 이 녀석은 예외인가보다. 그저 엄마 옆에 와서 눕기만 해도 좋다고 하니 고마우면서 한편으론 많이 부럽다. 아이를 만져주면서 하얀 땜빵 자리는 더 지켜보기로 한다. 겨우 정신을 차리고 부지런히 움직이기 시작한다.

지하 주차장에서 차를 빼려고 하는데 앞쪽에 큰 차가 측면주차를 해놓았다. 안 그래도 좁은 공간인데 통로에 차를 댄 사람이 원망스럽다. 전화를 걸어 차를 빼달라고 하고 싶지만 시간도 없고 좁은 대로 움직이며 빼려고 용을 써본다. 갑자기 뭔가 닿는 느낌이 살짝 난다. 뒷자리에 놔둔 짐들이 움직인 건지 헷갈리는 상황이라 찜찜한 상태로 겨우 나와서 출발한다. 계속 마음이 불편하고 께름칙하다. 아무래도 옆 차를 상하게 한 것 같다. 아무리 급해도 아까 확인할 걸. 아이를 데려다 주는 내내 불안하고 불편하다. 이 상황을 어떻게 수습해야 할지 머리가 복잡하다. 일단 남편에게 전화를 걸어 확인해 달라고 부탁한다. 아니면 지금 다시 집으로 돌아갈 예정이라고. 다행히 남편이 범퍼 쪽 긁힌 부분을 발견하여 사진을 찍고 찍고 차주 전화번호도 알려줘서 이실직고와 백배사죄를 할 수 있게 되었다.

꿈자리가 사나우면 조심하라는 어른들의 말씀을 들으며 자랐고 기분 나쁜 꿈들도 많이 꾸고 살았지만 실제로 나쁜 일이 생긴 건 처음이라 기분이 묘하다. 조심하지 않아서 사고가 난 게 필연이라면 그 사고를 액땜이라고 하는 말도 맞다. 사고로 인해 속상한 마음을 다독이는 위로의 말이겠지만 더 나쁜 상황을 대신해 주는 작은 일이었을 거라 믿는다.

꿈자리가 사나우면 조심해야 한다. 제대로 숙면을 취하지 못해 컨디션이 엉망일 테니. 미신을 믿는 사람들에게 적용될 것 같은 말이지만 제법 과학적이고 논리적인 이유를 갖추고 있다.

그러니 오늘의 사고는 용서해 줘야겠다. 셀프로.

눈이
녹으면?

누워서 티브이를 멍하니 보고 있는 아내에게 뜬금없이 남편이 질문을 던진다.

"눈이 녹으면?"

잠시 눈을 껌뻑이며 무슨 멍멍이 같은 소리냐는 듯 쳐다보던 아내는 이렇게 대답한다.

"봄이 오지."

"오! 진짜 맞네! 문과 이과 테스트라고 하더니 진짜 신기하다. 눈이 녹으면 물이 되지 어떻게 봄이 온다고 생각할 수 있어?"

공돌이(공대생 출신)는 놀랐다는 표시로 크지도 않은 눈을 동그랗게 뜬다.

눈이 녹으면 물이 된다는 지극히 이성적인 머리를 가진 인간과 봄이 온다고 생각하는 낭만적인 인간이 한 공간에 같이 살고 있으니 그 둘이 맞지 않는 건 당연한 결과일지도 모른다. 한때 '내 남편은 로또'라는 말을 듣고 '저렇게 행운이라고 생각하는 사람이 있다니' 하고 나와 비교하면서 슬퍼하기도 전에 '하나도 안 맞아서'라는 유쾌하고 위로가 되는 답이 따라와서 피식 웃었던 기억이 난다. (내 남편도 네 남편도 로또라 어쩌나 다행이던지…)

전혀 다른 사람 둘이서 부부라는 이름으로 20년 넘게 살다 보니 이제 여자와 남자의 개념을 벗어나 중성인들이 되어 격렬한(?) 우정으로 살아간다. 그들은 수백 수천 번의 전투와 화해를 통해 더 이상 건드려 봤자 좋을 게 없다는 것을 깨달았다. 어차피 이놈이나 저놈이나 살다 보면 다 비슷하다는 시중에 떠도는 진리(?)도 얼추 알게 되었으며 웬만하면 극단적인 싸움으로 가지 않는 기술도 습득했다. 그리하여 아내라는 이름을 지니게 된 여자는 전투가 시작되고 서로가 맞다고 우기는 수평선에서 휴전을 맺는 게 유일한 답이라고 생각하며 항상 마음에 담아 놓는 문장을 머릿속에 떠올린다.

'이혼할 거 아니면 빨리 화해하자. 강한 사람이 사과도 먼저 할 수 있다.'

그리하여 강하고 지혜로운 여자는 마음에도 없는 미안하다는 소리를 먼저 하고 방으로 들어간다. 그러면 먼저 찌그러진 상대를 보며 일말의 양심을 가진 남자도 같이 사과를 한다. 이것이 이 부부가 사는 법이다.

무서운
이야기

자다가 갑자기 벌떡 일어나 본 적이 있는가?

생각보다 많은 사람이 이런 경험을 했을 것이라 추측하며 직접 겪은 무서운 이야기 하나를 풀어볼까 한다.

신혼 초에 있었던 일이다. 여느 날처럼 곤하게 자는데 갑자기 무슨 이유인지 모르겠지만 벌떡 일어난다. 눈을 몇 번이고 껌뻑이면서 앉아 있는데 뭔가 이상하다. 분명히 문을 닫고 잤는데 10센티미터 정도 빼꼼히 열려 있다. 어두워서 잘 보이지 않던 틈 사이의 바깥 부분이 서서히 음영의 형태로 보이기 시작한다. 그런데… 동공이 확장되고 심장이 방망이질 치며 곧 죽을 것 같은 공포가 밀려 온다. 어둠에 적응한 눈으로 본 것은 다름 아닌 남자의 뒷모습. 문틈 사이로 보이는 곳은 싱크대인데 가스레인지 있는 쪽에 검은 바지에 검은 웃옷, 그리고 검은 모자를 쓴 남자가 보인다. 그 순간 그대로 숨도 쉬지 않고 조용히 남편 옆에 눕는다. 눈을 감고 이것저것 생각한 시간은 아마도 1~2분 정도일 텐데 억겹의 시간처럼 길게 느껴졌다고 과장을 보태도 거짓은 아니라고 지금도 주장할 수 있다.

'이런… 아침 뉴스에 나오는 밤사이 사건, 사고는 남들 얘기라고 생각했는데 이제 내가 그 이야기의 주인공(?)이 되는 건가… 이렇게 허무하게 가려고 용쓰고 산

건 아닌데… 아니야. 정신차려! 살 길을 찾아야지! 벌떡 일어나 문을 잠그고 경찰에 신고를 해야 하나? 문을 잠그기 전에 저 남자가 이리로 들어오면? 누가 더 빠를까? 아니야. 조용히 숨도 쉬지 말고 자는 척하자. 그러면 있지도 않은 귀중품들을 찾다가 지쳐서 나가겠지. 그런데 그동안 남편이 눈치 없이 깨면 그것도 큰일인데. 제발 지금처럼 코 골며 자고 있어라.'

일단 자는 척하는 방법을 써보기로 한다. 정말로 초긴장 상태가 되면 심장은 바로 귀 옆에서 뛴다. 누군가 내 심장을 꺼내 귀 옆에서 주물주물하는 것처럼 크게 들린다. 그리고 초능력도 생긴다. 시계 초침의 움직임이 천둥소리보다 더 크게 들리고 개미 하품 소리까지도 들을 수 있을 정도의 청력이 그것이다. 그러다 보니 바깥에 서 있는 남자의 숨소리도 들리다 못해 시끄럽게 느껴질 지경이어야 한다. 심장은 미친 듯 쿵쾅쿵쾅 뛰고 그나마 도시의 소음들도 쉬는 유일한 이 밤에 남편의 코 고는 소리만이 지금이 실제 상황이라는 것을 알려준다. 그런데 이상하다. 남자의 소리가 하나도 들리지 않는다. 지금 나의 청력은 소머즈(예전 미국드라마 주인공 소머즈. 그녀는 천리 밖의 소리도 들을 수 있다)의 그것을 넘어서는데 아무것도 안 들리는 건 말이 안 된다. 예민해진 청각을 느끼는 것도 힘든데 더 심각한 것은 이제 귀 밖으로 튀어나온 심장이 쿵쾅거리다가 터질 지경이다. 이래도 죽고 저래도 죽을 판이라 무모한 용기를 낸다. 있는 힘껏 소리를 지르며 밖으로 튀어 나간다. (아까 생각했던 방법들과 전혀 무관한. 손에 아무것도 들지 않고 뛰어나가다니. 남자에게 당하고도 남을 어리석은 행동인데 왜 그랬는지 아직도 모르겠다.) 남자와 맨몸으로 격투라도 벌일 생각으로 뛰쳐 나가고 보니 거기에 사람은 없다. 자세히 보니 가스레인지 아래 붙어 있는 오븐이 검은 바지로, 가스레인지 위에 두서없이 쌓인 각종 냄비와 후라이팬은 웃옷으로, 환기 후드는 모자로 보였던 것이다. 어이없는 상황에서 가장 먼저 나온 것은 눈물이었다. 살았다는 안도감과 엉뚱한 오해에 대한 민망함, 무엇보다 짧은 시간 겪었던 공포에서 벗어난 것에 대한 기쁨, 기쁨과 안도의 눈물.

혼자서 북치고 장구치며 난리굿을 한 후 아직도 곤히 자고 있는 남편을 괜히 심술궂게 깨운다(큰 소리를 지르며 나갔다고 생각했는데 여전히 자고 있었다). 잘 자다가 봉변(?)을 당한 남편은 눈물 범벅의 아내를 보며 말한다.

"무슨 일이야? 왜 그래?"

"흐어엉… 자다가 일어났는… 으엉… 문밖에…어어. 남자가… 흑흑…"

한 번에 이해하기 힘든 울음 섞인 설명을 다 듣고 난 남편은 무척 어이없는 얼굴로 그러나 자신의 안위를 걱정해서 깨우지 않고 혼자 해결하려고 한 용감한 아내를 기특하게 여기며 따뜻하게 안아준다.

매우 논리적이며 진짜 똑똑한 남편은 다음 날 밤 사이 해프닝의 원인을 종합적으로 집중 분석한 후 상세하게 증거(?)까지 제시하며 알려준다.

"요즘 맨날 미국 범죄 수사 드라마 시리즈만 보고, 허구한 날 공포영화며 범죄소설을 끼고 살아서 그래. 보고 듣는 게 그러니 그런 것들이 잠재의식 속에 있지 않았겠어? 그래서 헛것을 본 거지. 이젠 밝고 유쾌한 드라마 좀 보고 살아. 알았지?"

맞는 것 같기도 하고 아닌 것 같기도 하지만 조금 더 맞는 쪽에 가깝다고 느껴져서 알았다고 한다.

나중에 알게 된 사실은 실제로 범죄 수사 드라마를 보면 시청자는 희생자의 입장에서 내용을 따라간다고 한다. '나는 화면 밖에서 안전한데 범죄에 희생당한 사람들은 불쌍하다'고 생각하고 안심을 한단다. 남편의 주관적인 분석은 꽤 객관적이었다. 그리하여 한동안 좋아하던 장르를 끊고 착하게(?) 살았다. 악몽도 덜 꾸게 되고 헛것도 안 보는 나날들이 이어졌다.

오늘은 직장에서 스트레스가 엄청 쌓인 채 집으로 돌아왔다. 허기진 배를 채우고 나니 눈이 감기려 한다. 먹자마자 자면 속도 불편하고 살도 찌니 어떻게든 깨어 있어야 한다. 영화나 보면서 쉬어야겠다.

"뭐 볼 게 있나? 어! 새로운 공포영화가 나왔네!"

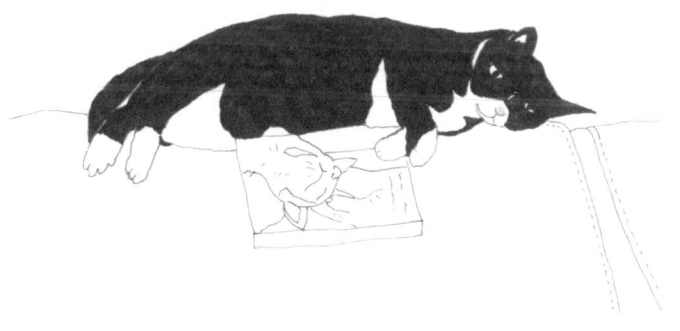

딸에게
보내는
문자

사랑하는 우리 딸!

어젯밤 울먹이며 속상한 마음을 얘기해 주어서 고맙다는 말을 해주고 싶네. 엄마에게 마음을 나눠주어서 말이야.

대다수의 시간을 밝고 명랑한 모습으로 씩씩하게 지내는 지라 가끔 힘들다고 얘기해도 다 그런 거라고 대답하며 지나갔는데 그런 건 그런 거고 힘든 건 힘든 거라는 걸 잊고 있었네. 엄마도 네 나이 때 울기도 많이 울고 속상해하던 많은 시간을, 너와 통화하면서 기억해 냈어. 어른이 된다는 건 쉬운 게 아니야. 어른으로 사는 것도 쉽지 않고. 어른이 되어도 힘든 일은 끊임없이 닥치지만 자라면서 또 살아가면서 키운 맷집으로 이겨내며 때로는 피하면서 살게 되더라고. 지금 너는 맷집을, 근육을 키우는 중이라 힘든 거야. 몸의 근육도 죽을 둥 살 둥 해도 겨우 생길까 말까 하는데 마음의 근육은 오죽하겠니.

인문학 선생님이 그러시더라. 힘든 일이 닥치면 오히려 감사하라고. 더 나은 사람이 될 기회를 갖게 된 거니. 딸! 자고 일어나면 조금은 나아지겠지만 오늘도 만만치 않은 하루일 거야. 그래도 네 뒤에 엄마가 버티고 있으니 씩씩하게 살아. 엄마가 우리 집에서 제일 쎈 거 알지? 기운내고.

말로는 잘 못하지만 문자라 써본다.

사랑해~♡

든든한
방패

딸이 울면서 전화를 한다. 힘들다고… 친구관계도 학교 생활도 지치고 힘들다고…. 이야기를 들어 보니 열여덟 살 아이의 예민하고 섬세한 마음이 낯설고 어려운 상황을 견디느라 고생이겠다 싶다. 나름대로 성장하고자 열심히 노력은 하지만 눈앞에 보이는 결과물은 마음에 들지 않고 그동안 겪어보지 못한 좌절을 자주 경험하느라 어찌할 줄 모르는 상황. 단단해지기 위한 과정이라는 걸, 인생 선배로서 객관적으로 알지만 엄마의 주관적인 마음이 아픈 건 어쩔 수 없다.

아이가 우는 모습이 문득 떠올라 가슴이 시리다. 울면서 크는 거지. 눈물이 나와서 수분이 조금이라도 빠지면 몸도 마음도 단단해지는 것인가. 말도 안 되는 생각이 든다. 눈물을 끄집어내고 나면 그만큼 말랑함이 사라지면서 굳은살이 생기는 것인가. 신기한 것은 단단해졌다가도 어느새 말랑해져서 눈물은 언제든 나올 준비를 한다는 것. 반세기를 넘게 살아도 탄탄한 마음을 갖는 게 결코 쉽지 않다는 걸 울 때마다 느낀다.

산통이란 산통은 모조리 겪은 후 결국 우여곡절 끝에 제왕절개로 아이를 낳고 가장 먼저 든 생각은 엉뚱하게도 우리 딸이 이런 무지막지한 산통을 겪으면 어쩌나 하는 것이었다. 꼬물거리는 작은 생명을 어떻게 하면 잘

키울까 하는 건설적인 걱정이 아니라, 아이가 미래에 겪을지도 모를 고통을 미리 슬퍼하는 풋내기 엄마가 바로 나였다.

아이가 울면 엄마는 가슴이 찢어진다. 그러나 정신을 차리고 아이를 든든하게 지켜주는 방패가 되기 위해 찢어진 가슴을 촘촘하게 꼬맨다. 물 한 방울 새지 못하게 천 하나를 덧댄다. '사랑'이라는 이름의 천을. 아이가 돌아오면 어색하고 쑥스럽지만(다정다감한 스타일이 아니라 스킨십이 거의 없다) 조금 더 단단해진 가슴으로 꼭 품어줄 것이다.

지칠 때 언제든 엄마가 있으니 걱정하지 말라고. 더 강해진 방패로 아직은 여린 날개를 퍼덕이며 준비하는 너를 감싸줄 테니 자꾸 넘어지고 떨어져도 열심히 날아가는 연습을 하라고. 그때까지, 아니 날아간 후에도 항상 뒤에서 지키고 있을 테니 걱정하지 말고 여기저기 다쳐도 꿋꿋하게 살아가라고.

잊었던
비법

별스타그램이 다 나쁜 것은 아닌가 보다. 시간 잡아 먹는 귀신에, 비교 지옥으로 끌고 가는 저승사자이기도 하지만 좋을 때도 있다. 정신없이 보던 쇼츠에서 잊었던 비법을 찾았다. 한 남자가 자기는 고등학생 시절 항상 아침이 행복했다고 말하는 영상. 엄마가 아침에 자신을 깨워주며 발 마사지를 해주셨다고. 사랑이 듬뿍 담긴 따뜻한 손길을 느끼며 일어났으니 하루의 시작이 좋지 않을 수 없었겠지.

아이를 깨우며 발 마사지를 해주던 시절이 나에게도 있었다. 중학생일 때 얼마간의 기간이었던 것 같은데 그때 아이가 기분 좋게 일어났던 게 갑자기 생각난다. 평상시보다 더 서둘러서 학교에 가야 하는 기간이어서 일어나기 힘들어하는 아이에게 발 마사지를 해주면서 일어나라고 독려했다. 기껏해야 1~2분 정도 걸리는 시간인데 확실히 말로만 일어나라고 할 때와 다른 모습이다. 엄마의 손에 맡기는 발에서 짜증이 사라지고 편안함이 느껴진다. 엄지 발가락부터 하나하나 살살 눌러주고 당겨준다. 발바닥 전체를 주물거리면서 주먹으로 꾹꾹 눌러준다.

보드랍던 아기 발바닥을 조물조물 만져주던 기억이 떠오른다. 작고 작아서 한 손에 쏙 들어가던 그 뽀얀 발이 어느새 커졌다. 엄마의 발보다는 부드럽지만 제법 거칠어진 발바닥의 촉감이 느껴진다. 자라면서 여기저기 분주하게 다니느라 발바닥이 점점 딱딱하게 길들여지고 있었나 보다. 이제 곧 어른의 세계로 들어갈 준비를 하는 너의 발도 단단하게 변하는구나. 짧은 시간이었지만 발바닥을 정성스럽게 주물러 주니 기분 좋게 일어난다. 내일도 모레도 이 방법으로 아이의 행복한 하루를 열어 줘야겠다고 다짐해 본다.

마사지 얘기가 나오니 갑자기 남편이 떠오른다. 고단한 시간을 보내고 온 부부는 가끔 서로의 발을 마사지해 주거나 어깨를 주물러 주기도 한다. 요즘은 총 모양의 마사지 도구를 사용하는 경우가 많아졌지만 그 전에는 두 손에 힘을 꼭 주고 마사지를 해주곤 했다. 손아귀 힘이 쎈 아내는 남편의 굳은 어깨를 꾸우욱 꾸우욱 눌러가며 풀어준다. 아프면서도 시원하다며 하는 말이

"아이고! 우리 중국 고사리 손! 잘한다, 잘해!"

고사리 손이라고 하기엔 너무 늙고 큰 손을 가진 아내에게 국산보다 덩치 큰 중국 고사리를 갖다 대 '중국 고사리 손'이라고 하는 별로 우습지도 않은 아재 개그. 자존심 상하지만 피식 웃음이 난다. 이래서 같이 사나 보다. 정겹게 대화를 나누는 시간도 별로 없고 있으면

귀찮은데 없으면 편하면서도 아쉬운 그런 부부 사이. 그래도 가끔 소파 위에 누워 있다가 불쑥 발을 내밀면 군말 없이 휙 쳐다보고 꾹꾹 눌러주는 남편이 있어 고맙다.

발 마사지를 해주면 시원하고 어딘가 불편한 곳이 풀리며 피곤이 사라진다. 가장 고생하지만 별로 대접받지 못하는 발을 따뜻한 손길로 정성스레 만져주는 것만으로도 존중받는 느낌이 들어 기분이 좋아지고 기운이 난다. 퇴근한 남편이 들어오면 오랜만에 뜬금없이 발을 주물러줘야겠다. 오늘 하루도 가족들을 위해 열심히 일하느라 고생한 발에게 상을 줘야지.

129

간절함은
경건함을
부른다

어른이 되니 때마다 투표를 한다. 항상 잊지 않고 신중하게 했다고 자부하는데 이번처럼 간절한 적도 없다. 항상 시기마다 간절함을 듬뿍 담아서 투표를 했을 것이다. 그러나 이번엔 너무나도 간절해서 투표 용지에 도장을 찍을 때도 신중하게 찍고, 마른 종이를 후후 불며 말리고 고이 접어 넣는다. 이미 마른 도장 자리를 후후 불다가 갑자기 울컥하는 느낌이 든다. 울컥하는 기분이 드는 투표는 이번이 처음이다. 살면서 전혀 겪어보지 못한 나라의 혼란과 그로 인한 불안이 반년 넘게 지속되고 있다. 이제 다시 제대로 바꿔볼 기회가 온 것일까.

여전히 세상은 혼란스럽고 자신의 욕심을 채우기 위해 다른 이들을 교묘하게 이용하는 사람 같지 않은 자들과 같은 공기를 마시고 사는 게 화가 날 때도 많았다. 내 생각이 다 옳은 것은 아니겠지만 적어도 나와 이웃의 평범하고 평화로운 삶을 위해 어떻게 해야 할지 생각하고 행동에 옮기려고 노력하는 사람이 되어야겠다.

사전투표를 했으니 투표일 당일은 여유 있게 결과를 기다리면 된다. 그런데 여유가 안 생긴다. 자꾸 불안불안하다.

입석의
추억(?)

새벽, 온 가족이 총출동한다. 남편은 대전 출장으로 KTX를 타러 가야 하고 아이는 등교, 나는 회사로 가야 한다. 출근길에 기차역에 데려다 달라고 해서 오랜만에 세 식구가 같이 차를 타고 간다.

누군가 기차를 타러 간다고 하면 괜히 설렌다. 어릴 때 방학마다 할머니 댁이나 친척들에게 놀러갔던 기억이 떠올라서. 어린 동생을 데리고 떠나는 둘만의 여행, 일하느라 같이 갈 수 없는 엄마는 잠깐 기차에 올라와 자리에 앉혀주고 밖에서 손을 흔들며 아주 많은 걱정과 적당한 시원함이 섞인 표정으로 우리를 떠나 보냈다. 유일하게 멀미를 하지 않았던 교통 수단이어서 잊을 만하면 지나가는 간식 파는 아저씨에게 삶은 계란과 사이다를 사서 입이 미어져라 먹었던 기억이 스몰스몰 올라온다.

가장 최근에 기차를 탄 것은 2024년 늦가을 대전에서 열리는 북페어에 참가할 때였다. 갈 때는 운 좋게 좌석표를 샀는데 올 때는 입석표밖에 없었다. 그래 봤자 한두 시간인데 싫었지만 쉽지 않았다. 일단 2박 3일의 일정이 생각보다 피곤했다. 성황리에 끝난 북페어는 아니었지만, 바쁘지 않다고 힘들지 않은 건 아니었다. 마지막 날 끝나는 시간보다 일찍 마무리했지만 집까지 갈 여력이 비축되는 것도 아니었다.

예전에 시골에 갈 때 좌석 옆 팔걸이에 살짝 엉덩이를 걸치고 가기도 했던 것 같은데 이제 입석인 사람들은 거의 다 기차의 칸과 칸이 연결되는 통로에만 있다. 눈치껏 화장실 옆쪽에 겨우 자리를 잡고 바리바리 가져갔던 짐들과 함께 같이 구겨져 앉아본다. 몇 사람은 서 있고 몇 사람은 앉아 있고 나머지는 선 것도 앉은 것도 아닌 상태로 애써 외면하며 같은 시공간을 공유하고 있다. 두 시간이 이리 길었던가. 눈을 감고 있어도, 잠시 뜨고 있어도 더디고 지겹다. 썩썩하게 실을 꺼내 뜨개질을 해보는데 각도가 안 나온다. 이럴 땐 휴대폰 조금 보다가 눈 감고 자는 시늉이라도 해보는 수밖에 없다. 그런데 누군가 화장실을 이용할 때마다 일어나야 하니 쉽지 않다. 겨우 두 시간 정도 자리없이 가는데 이렇게 서럽다니… 서로 말 없이 눈치를 보는 것도 힘들고 제대로 앉지도 일어나지도 못하는 어정쩡한 상태에 피곤이 몰려온다. 가뜩이나 거지 같은 몰골인데 바닥에 앉아 있으니 깡통만 있으면 딱이다. 그 와중에 험상궂게 생긴 아저씨가 자꾸 째려본다. 잘못한 것도 없는데 괜히 주눅이 든다. 짐이 많아서 다른 곳으로 이동하기도 애매하고 산책하다 센 녀석 만난 강아지처럼 슬금슬금 피하게 된다.

피곤하고 괴로운 시간도 결국은 지나간다. 이제 내

려야 할 역에 곧 도착. 주섬주섬 짐을 챙기고 내릴 준비를 하는데 아까 그 이상한 아저씨 옆에 더 이상한 아저씨가 다가온다. 그러더니 시비를 걸면서 툭툭 때리고 욕을 한다. 문이 열리자 가장 먼저 내리더니 본격적으로 못 볼 꼴을 제공하는 두 사람. 그 와중에 맞던 남자(이유 없이 나를 째려본 사람)는 애꿎은 나를 노려보며 자신의 수치심을 엄한 사람에게 던지려고 한다. 본능적으로 공포를 느낀 아줌마는 무거운 짐을 번쩍 들고 '걸음아 날 살려라' 하며 앞서 가던 사람들 속으로 파고 들어간다. 똥은 피하는 게 상책이다. 살아보니 촉이 좋지 않다 싶으면 줄행랑이 최고의 답일 때가 많았다.

고작 두 시간 정도 내 자리를 갖지 못했는데도 많이 서러웠다. 살면서 많은 시간을 입석으로 살아가는 사람들의 마음은 어떨까? 대다수의 시간을 자리에 앉아 살아가는 나에게, 그동안 많은 운이 따라주었음을 새삼 알게 된다.

기차 탈 일이 있으면 웬만하면 미리 표를 예매할란다. 인생에서 입석을 만나는 일은 내 희망대로 피할 수 있는 일이 아니지만 그래도 기차는 피하는 일이 가능하니 말이다.

이
또한
지나가리라

'차분해지자, 차분해지자.'

속으로 되뇌이며 숨을 크게 쉰다. '괜찮아질 거야, 괜찮아질 거야.'

스스로를 다독이며 글을 쓰기 시작한다.

평범하고 지루하고, 평화로운 시간은 전화 한 통이면 가뿐하게(?) 깨진다. 점심시간, 연락을 받는 순간 금 가는 소리가 들린다. 아이는 꺼이꺼이 울면서 이해하기 어려운 말을 한다. 제대로 알아듣기가 힘들다.

학교에서 일과시간 중에 대성통곡 수준의 울음을 섞어가며 하는 이야기는 그 무게를 제대로 담고 있다. 어찌 되었든 속상해하는 아이의 마음을 추스르고 위로해 주는 것 말고는 할 것이 없다.

"지나고 보니 살면서 별의별 일을 다 겪더라. 지금은 심각해 보이지만 지나고 나면 아무것도 아닌 일들도 많아. 네가 걱정하며 상상하는 일은 벌어지지 않는 경우가 더 많아. 생긴다 해도 그것보다 훨씬 규모가 작게 일어나지. 그러니 너무 속상해하지도, 미리 걱정하지도 말았으면 좋겠어. 세수하고 마음을 가다듬어보면 어떨까?"

일장 연설(?)을 하고 전화를 끊는다. 아이가 진정되기에는 위로가 더 필요하다고 판단, 이번엔 손가락으로 열심히 추가 연설을 한다.

'힘들고 억울한 일이 왜 자꾸 나한테만 벌어지나 생각하면 속상하겠지만 그것도 앞으로 잘 살기 위해 맞는 좋은 예방주사라고 생각하자.' 이런 메시지를 몇 개 연달아 보낸다. 아이가 생각하는 최악의 시나리오는 정말 가정일 뿐 그렇게 되지 않는 경우가 90퍼센트 이상이니 미리 걱정하지 말라고 다시 한 번 새겨준다.

진정시키고 나니 이제야 엄마 마음이 떨리기 시작한다. 왜 하필 우리 딸에게 이런 일이 벌어졌을까? 아이 입장에서는 억울할 수도 있지만 그렇다고 잘못하지 않은 것도 아니니 부모로서 대처할 방법도 딱히 없고 속만 상한다. 다친 속을 풀기에 가장 간단한 방법은 왜 그랬냐고 아이를 다그치는 가장 어리석은 수인데 이걸 쓰진 않았으니 천만다행이다.

아이한테 해줬던 그 많은 이야기들을 다시 나에게 들려준다. '그래. 그럴 수 있어. 왜 애한테 이런 일이 벌어진 거야?'가 아니라 '벌어질 수도 있는 거야'로.

속상하고 억울한 아이를 위해서 내가 무엇을 해야 하나 하다가 '기다리자. 아이가 스스로 해결하게 시간을 주자'고 마음먹는다.

'누군가에게 조언을 구해야 하나? 아니야, 일단은 아이를 만나서 이야기를 해보고 다시 생각하자.'

그래도 속상한 마음은 잘 가라앉지 않는데 어떡하나… 글을 쓰자. 어지러운 마음을 풀어보자. 쓰다 보면 정리가 되겠지. 그리고 이 또한 지나가겠지.

지나가는 걸 알지만 지나가는 동안 힘든 건 어쩔 수 없다. 지나가는 동안 힘든 것도 알지만 아는 것과 겪는 것은 다르다. 겪는 동안 마음이 요동치는 것도 어쩔 수 없다.

그래도 결국은 지나가겠지.

144

145

PART. 3

근사한 하루

하나
뿐인

뭐가 그리 바쁘다고 매일 저녁 엄마에게 전화하는 것도 이틀이나 건너뛰고 이제야 안부를 묻는다.

　"왼쪽 발목이 부었어. 그냥 있으려 하니 주변에서 병원에 가보라 해서 갔다 왔다. 엑스레이 찍어보니 뼈에 이상은 없고 발목에 염증이 생겨 부은 것 같은데 딱히 해줄 건 없고 시간이 지나면 나을 거라고 그러네. 약이라도 주나 했더니. 텃밭에서 일할 때 발목이 몸무게를 감당하느라 무리했나 봐. 다이어트를 해야 하나."

　"엄마! 요즘 광고하는 뻘건약 다이어트가 좋대. 그거 사 드릴까?"

　이런저런 며칠 사이의 소소한 일상을 주고 받은 후 전화를 끊는다.

　비 내리는 아침 출근길 가끔은 기계처럼 아무 감정도 생각도 없이 운전하다가 '아참! 나 운전 중이지!' 하고 놀라 정신을 차리니 엄마의 부은 발목이 떠오른다. 도착하면 전화를 드려야겠다. 밤사이 붓기가 좀 가라앉았는지 물어봐야지.

　"통증은 없는데 부었다 가라앉았다 부었다 해서 이따 다른 병원에 갈 거야. 걱정하지 말고 일 해."

　"알았어요. 잘 다녀오시고. 괜찮으실 거예요."

　요즘은 건강에 대한 유난스런 염려와 정도를 넘어서

는 걱정이 약해지고 있다. 그래서 밑도 끝도 없이 펼쳐지는 어두운 상상을 금방 끊을 수 있다. 엄마의 발목도 이상한 쪽으로 생각이 펼쳐지기 전에 '괜찮을 거야'로 마감하고 마음을 다독인다. '아빠도 안 계시고 엄마밖에 없는데 아프시면 안 되지. 절대로. 우리 곁에 오래오래 계셔야지. 그런데 돌아가신 아빠도 하나밖에 없는 건 마찬가지네. 유일한 분이 옆에 안 계시네.'

이런 생각이 들자 코끝이 찡해지며 눈가가 어룽어룽해진다. 아버지가 떠나신 지 만 4년이 되는 날까지 이틀이 남았는데 시간이 흘러도 갑작스레 마음이 흐릿해지고 뻐근해지는 건 여전하다. 소중한 가족과 이별 후에 보통 3년의 시간이 흐르면 덤덤해지고 적응도 된다는데… 이런 말은 깊은 슬픔이 조금씩 나아질 것이라는 위로일 뿐 익숙해지지는 않는다.

그러고 보니 아빠도 하나, 엄마도 하나, 동생도 하나, 남편도 하나, 딸도 하나, 봉투도 하나, 봉달이도 하나, 친구도 개똥이 하나, 소똥이 하나, 말똥이 하나. 죄다 다 하나뿐이다. 세상에 하나밖에 없는 존재들과 함께하는 이 순간 이 하루도 하나뿐이네.

하나밖에 없으면 나도 모르게 아끼게 되고 소중히 여기게 되는데 이 모든 것들이 하나라는 깨달음을 얻고도 어리석은 나는 하나뿐인 오늘을 흐지부지 살지도 모른다.

수시로 자각하려고 노력해야겠다.

하나뿐인 하루와 하나뿐인 가족과 하나뿐인 내 사람들이 얼마나 소중한지.

155

오성과
한음
탈출기

1년 반 만에 파마를 하러 간다. 요즘은 머리를 하러 미용실에 가는 일이 가장 귀찮고 하기 싫은 일들 중 앞쪽에 자리한다. 20대 때는 두 달에 한 번 꼴로 스타일을 바꾸러 다닌 적도 있었는데 많이 변했다. 나이를 먹더니 말이다.

동네에 새로 오픈한 미용실에서 20퍼센트 할인 행사를 한다. 공짜라면 양잿물도 언제나 감사하며 세일이라고 붙인 물건은 집에 수북하게 쌓여 있어도 또 사야 직성이 풀리니 벼르던 지붕공사(?)를 감행하기로 한다.

흰머리는 그대로 두고 약간 밝은 갈색으로 멋내기 염색을 하고 다니는데 머릿결은 푸석푸석 지푸라기 같고 색도 얼룩덜룩하니 볼품없는 늙은 말의 갈기 같다. 어떻게 해야 하나. 이성적으로는 안다. 매직 파마를 해서 머릿결을 그나마 좋게 보이도록 하는 게 가장 좋은 해결책. 나이보다 그나마 몇 달이라도 어려 보이는 덤도 생길 것이다.(생머리 스타일이 나이가 어려 보인다는 가정하에.)

그렇게 하고 나면 항상 해오던 '오성과 한음'을 반복하게 될 것이다. 어쩌다 보니 묶이지 않는 짧은 머리 스타일을 제외하고는 거의 하나로 묶고 다닌다. 이마 쪽 잔머리들은 가운데에서 갈라진 상태로. 어느 날 누군가 "네 머리 스타일은 '오성과 한음'이냐?"라고 말한 이후로 나는 조선시대 장가 안 간 총각의 머리를 따라 한 사람이 되었다. 다른 스타일로 해보겠다며 웨이브를 주고 묶었더니 '서양 하녀' 같단다. 야박하기도 하지. 이왕이면 '서양 귀족 아가씨'라고 해줘도 되련만 빈말은 못 한다나 뭐라나.

막말(?)을 했던 친구가 누구인지도 기억이 흐릿해졌지만 여전히 '오성과 한음'으로 살고 있으니 나를 가장 많이 보는 내 자신이 이 머리에 질린다. 그래서 다시 '서양 하녀'가 되기로 결심했다. 좀 늙었으니 '서양 집사'로 신분이 조금이라도 올라가지 않았겠느냐며 '서양 집사' 헤어 스타일이 되어 보기로 한다. 주변의 가족이나 친구는 생머리 스타일이 낫지 않겠냐며 말리지만 이젠 타인의 시선보다 나의 시선이 더 중요해졌다. 스스로 내 머리에 질린 나를 위해 변신을 감행해야겠다.

웨이브 파마를 하고 나서 99퍼센트 후회했던 기억들이 떠오르고 있지만 이미 '소림축구'의 사자후 아줌마가 되어 있는 상태. 졸다 깨다 하고 보니 '밀림의 왕 사자' 한 마리가 떡 하니 거울 앞에 앉아 있다.

남편에게 구불거리는 머리카락을 날리며 환하게 웃음 띤 사진을 찍어 보내니 자꾸 '라이언킹' 짤을 보낸다. 그러지 말라고 하기엔 이미 너무, 그냥 쓸쓸하게 웃는다. 지나가던 초딩이 한마디 던진다.

"저 아줌마 예수님 같아!"

사자가 낫다.

든
자리

사촌 조카가 거의 넉 달을 친정엄마네서 지내기로 했단다. 이번에 인턴으로 취업한 회사가 그리 가깝지는 않지만 지방이 집인 아이에게는 그나마 수도권의 이모할머니댁이 최선의 선택이었을 것이다. 외할머니는 일찍 돌아가시고 외할아버지댁은 여러 이유로 어려우니 사촌 언니는 결국 엄마 같은 이모에게 부탁을 했다.

그 이모인 나의 엄마는 오랜만에 새 식구를 맞이하게 되셨다. 2주에 한 번 꼴로 친정에 가는데 한 번 거르면 거의 한 달. 가게 된 날과 아이가 오는 날이 겹친다.

반가움보다는 불편할 것을 먼저 생각한다. 다른 식구가 생기면 엄마네서 속옷도 챙겨 입어야 하고, 편치 않을 것 같다. 괜히 숨어 있던 심술이 기어나온다. 주변 고시원이나 원룸에 월세로 얻어서 살게 해야지 직장에서 가깝지도 않은 이모네 집에 아이를 부탁하는 건 뭐람. 아무리 편하고 좋다고 해도 요즘 같은 세상에 누가 넉 달이나 있게 해달라고 하느냐고. 시근퉁머리('눈치가 없다'는 뜻의 경상도식 사투리) 없는 건 예나 지금이나 마찬가지라고. 여러 이유가 있다 해도 서울에 있는 외할아버지댁에서 보내는 게 낫지. 이모할머니네가 편하겠냐고. 부정적인 감정이 올라오기 시작하니 한도 끝도 없다.

이런 마음이 생기니 엄마네로 향하는 발걸음이 무겁

다. 불편하다 해도 어쩌다 한 번씩 가는 나보다 엄마가 더하면 더할 텐데 괜찮다는 엄마 대신 투덜거리는 모습이 우습고 찌질하다. 이렇게 툴툴거리다가 막상 조카를 보면 괜히 찔릴 텐데. 마지막으로 본 게 웃는 눈에 생글생글 미소를 띠고 딸과 잘 놀아주던 중학생 시절인데 그때를 생각하니 더 미안해진다. 성격상 분명히 편하게 지내자 하며 금방 친해질 텐데 이러지 말자. 나중에 혼자서 엄청 뻘쭘해질지도 모르니.

와서 지내는 건 좋은데 밥을 제때 해주거나 그러긴 힘들다고 하니 아침은 잘 안 먹고, 점심과 저녁은 회사에서 준다고 하는데 알고 보니 4개월 뒤 정직원이 되었을 때의 이야기. 엄마와 같이 지내는 인턴 기간에는 저녁이 제공되지 않는단다. 엄마는 예전부터 서울에 산다는 이유만으로 양쪽 집안 친척들을 다 받아주고 사셨다. 그들과 원가족을 보살펴주는 것이 몸에 밴 분이라 저녁을 주지 않는다는 얘기를 듣고 반찬이 있으니 네가 챙겨 먹으라고 하셨지만, 아마도 많은 끼니를 그 아이를 위해 기꺼이 챙겨주실 것이다. 그런 분이라는 걸 아는 언니는 죄송함보다 처음 사회생활을 시작하는 자신의 아들이 따뜻한 밥 한 끼 제대로 얻어 먹기를 바랐을 것이다. 그 속에 담긴 따뜻한 이모할머니의 마음도 받아 씩씩하게 지내길 바라며 보냈으리라. 정 많은 이모에게 의지할 수밖에 없는, 엄마를 일찍 잃은 언니의 마음이 와닿기 시작한다. 나라도 언니와 같은 선택을 했을 것이다.

나도 사회초년생이 된 조카에게 엄마 같은 이모가 되어줄 수도 있지 않을까?

허물없이 대해주면 아이도 편하게 지낼 수 있겠지. 마음 가짐을 바꾸고 나니 아이가 도착할 시간이 오히려 기다려진다. 오면 다같이 나가서 외식하고 들어와야지. 그리고 편히 쉬라고 해야겠다. 나도 엄마네서 원래 있을 때의 편한 복장과 편한 자세로 말이다.

아이는 여전히 웃는 눈의 착한 얼굴에 예의도 바르고 살갑게 어른들을 대할 줄 안다. 눈치도 있고 넉살도 있고 순둥순둥 잘 맞추는 좋은 성격이다. 다음엔 같이 치맥도 하자며 신나버린 아줌마. 이럴 줄 알았다. 적당히 사촌언니를 씹다가 말아서 다행이다.

돌아오는 길, 엄마가 혼자 계신 게 아니라는 것만으로도 덜 죄송하고 든든한 느낌. 귀여운 든 자리 덕분이다. 벌써부터 난 자리가 클 텐데 하고 걱정하다가 가만히 고개를 젓는다. 지금은 든 자리만 생각할 시간이니.

엄마의
속내

오랜만에 지상에 주차한다. 지쳐 있던 아이가 아무 생각없이 문을 여는데 '뻑' 하고 소리가 난다. 옆 차 문 긁히는 소리.

"문을 확 열면 어떡하니? 차 빨리 봐봐!"

짜증이 잔뜩 묻은 목소리로 다그치자 내리면서 문을 쾅 닫고 휙 쳐다본다.

"아무렇지도 않아! 의심스러우면 엄마가 확인해 보든가."

집으로 들어가 버린다. 소리가 예사롭지 않았는데 괜찮다니 그럴 리가 있나 싶지만 그래도 괜찮다니 따라 들어가며 휙 보니 정말 멀쩡하다. 찜찜하여 다시 돌아와서 보니 뭔가 스크래치가 있는 것 같은 느낌. 뚫어지게 봐야 있을 것 같긴 한데 분명히 뭔가 보인다. 그러나 흐린 눈을 장착하고 '괜찮겠지' 하며 들어가다가 조용히 다시 차로 향한다. 그리고 도둑고양이처럼 조용히 살살 운전하며 지하주자장으로 들어간다. 뺑소니인 듯 뺑소니 아닌 뺑소니 같은 상황.

집에 와 샤워 중인 아이에게 한 번 더 물어본다.

"아무렇지 않았어?"

"그렇다니까! 불안하면 다시 가서 보든가."

잘못해 놓고 오히려 당당하게 소리치는 딸아이의 대

답을 전적으로 신뢰하며(아니 사실은 그러고 싶어서) 짐을 던져놓고 소파에 벌러덩 누워 숨을 돌리는데 콕콕 찌르는 마음의 소리가 들린다. '여보세요! 아줌마! 분명 뭔가 보셨잖아요! 흐린 눈으로 보니 괜찮다고 지금 그러고 계시는 거에요?' '알았다. 알았어. 확인해 보면 될 거 아니야?' 벌떡 일어나 다시 밖으로 나간다. 직접 가서 확인하면 블랙박스에 찍힐 것 같으니 애꿎은 친구를 공범(?)으로 만들어 통화를 하며 주변을 스쳐 지나가는 척하며 살펴본다. 범인은 반드시 범죄 현장으로 돌아온다더니 정말 그렇다. 그러나 비스듬히 세워진 택배 차가 시야를 방해한다. 다시 한 번 통화하는 척하며 한 바퀴 더 돈다. 이미 끊었지만 수다 떠는 어설픈 연기를 하며. 두 바퀴를 돌아도 제대로 보이지 않아 어쩔 수 없이 집으로 돌아온다. '괜찮아. 거의 보이지도 않았잖아. 차주도 모를 거야. 가만히 있자.' 이렇게 마음을 다 잡고 다시 눕는다.

'아줌마! 괜찮지 않으면서 자꾸 괜찮다고 하실래요? 그 정도 소리가 났으면 괜찮을 리 없다는 걸 당신이 더 잘 알잖아. 불안해서 어쩔 줄 모르면서 계속 모르쇠로 일관하실 거에요?' 호랑이보다 무서운 게 곶감이라더니 곶감보다 더 무서운 녀석이 마음속에 있었구만. '그 정도 스크래치라면 모르긴 몰라도 10만 원이면 수리할 수

있지 않을까? 다른 거 아끼고 수리비 드리고 말지. 마음 쫄리고 불편해서 못 살겠네.'

다시 외출복으로 주섬주섬 갈아입고 벌써 어두워진 밖으로 나간다. 씩씩하게 스크래치를 보러 나가니 깜깜해서 보이지 않는다. 휴대폰으로 조명을 켜고 살펴보니 정말 안 보인다. 조심스럽게 의심되는 부분을 문지르니 붙어 있던 먼지들이 떨어진 자리에 아주 미세한 스크래치가 보인다. 어설프지만 조명을 켠 상태로 사진을 찍고 차주에게 전화를 건다. 내일 오전에 집으로 들어갈 예정이니 확인하고 연락을 주시겠다고. 통화를 마치고 돌아오는데 마음을 누르던 커다란 돌덩어리가 사라져버린 느낌이다. 이래서 죄 짓고는 못 산다고 했나.

"다시 가서 확인해 보니 미세하지만 스크래치가 있어. 차주한테 연락했고 내일 알려주신대."

아이에게 말하고 나니 지하주차장으로 차를 옮겼다고 말한 입을 한 대 때려주고 싶다. 당당하게 그 자리에서 확인하고 문제를 푸는 모습을 보여줬어야 하는데. 지금이라도 양심에 찔리는 상황에서 도망치는 것보다 정면 대응이 옳다는 걸 알려줬으니 다행이다.

요즘 들어 더 자주 깜빡거리는 아줌마는 볼품없는 뺑소니 사건은 잊은 채로 일하다가 우연히 핸드폰을 본다. 차주가 보낸 문자.

'거의 보이지도 않고 그냥 지나가도 될 것 같습니다. 아이 너무 혼내지 마시고요.'

너그러운 마음을 가진 분을 만나니 죄송하고 감사하고 어찌할 바 모르겠다. 작지만 커피, 케이크 쿠폰을 문자와 함께 보낸다. 아이에게 차주의 문자를 전달하며 훈훈한 마무리를 알려준다. 쓱 지나가며 읽겠지만 도덕 교과서 같은 내용도 같이 보낸다.

'엄마가 처음부터 당당하게 해결하는 모습을 보여줬어야 하는데 창피하게 회피를 했네. 그래도 솔직하게 말씀드리고 해결되어서 다행이야. 앞으로 살면서 어려운 일이 생기거나 문제가 생겼을 때 도망가지 말고 정면으로 맞서길 바란다.'

멋진 척하며 전송 버튼을 눌렀지만 찌질한 모습을 감추기 위해 잘난 척한 엄마의 속내를 숨기기는 어렵다.

173

뽑힌
아이

회사 동료와 이런저런 얘기를 하다 자식이 내 뜻대로 되지도, 내 말을 듣지도 않는다는 것을 이제는 뼈저리게 느낀다며 동병상련(?)의 아픔을 공유한다. 그러다가 자식도 뽑기와 같으니 내 아이가 잘났다고 뻐기지도, 못났다고 속상해하지도 말라던 글이 떠오른다. 따지고 보면 아이 입장도 비슷하겠지. 자신이 부모를 선택한 것도 세상에 나오고 싶었던 것도 아니니 말이다.

그러고 보면 인생 자체가 뽑기다. 태어나 보니 땅덩어리는 상대적으로 작은데 그 와중에 반으로 갈라져 있으며 인구 밀도는 엄청나게 높은 나라, 부모는 경제적으로 넉넉하지 않아 항상 돈 걱정을 하며 열심히 일하며 사는 분들이었고, 내 성별은 여자였다. 몇 년 지나고 보니 지지리 말 안 듣는 남동생이 생겼다. 굳이 형제가 있어야 한다면 언니를 원했는데.

학생 시절 자리 뽑기로 원하는 자리를 얻은 적이 없고, 상품 뽑기도 만 원 이상 당첨된 적이 없다. 소위 '똥손'이라 이런 운들과는 거리가 멀다. 자잘하고 사소한 뽑기도 가끔은 왜 이러나 억울한데 인생을 좌지우지하는 자식이 뽑기라니! 처음 이 말을 들었을 때는 충격이 찾아왔고 위로는 나중에 들어왔다.

누구보다 엄마 말을 잘 듣는 모범생에 얼굴은 연예

인 뺨 후려칠 만큼 이쁜 외모를 가진 아이. 영재반에서
도 1등 할 정도의 어마무시한 아이큐와 그에 못지않은
이큐를 갖고 있으며 친구들과 잘 어울리다 못해 인기가
넘쳐나는 아이. 세상을 밝게 바라보는 긍정적인 시선과
몸과 마음이 건강한 아이가 뽑혔으면 얼마나 좋았을까?
쓰다 보니 웃음이 난다. 엄마랑 아빠가 가지지 못한 대
다수의 것들을 내 자식이 갖고 있기를 바라는 어리석음
에⋯.

　어쩌다 엄마 말도 듣고, 학교에선 모범생인 척하는
시간도 간간히 있으며 연예인을 좋아하는 외모를 가진
아이. 봉봉이와 비교하면 천재급인 아이큐, 친구와 싸우
고 절대로 만나지 않을 것 같다가도 쿨하게 화해할 수
있는 이큐를 가졌으며, 친구들과 놀러 다니고 노래 부르
러 다니는 아이. 세상이, 엄마가 왜 이렇게 가혹하게 구
느냐고 속상해하다가도 어느새 밝게 웃으며 말을 건네
는 소중하고 예쁜 아이가 뽑혀서 내게로 왔다.

　부자도 아니고 성격이 좋은 것도 아니고, 뜬금없이
투덕거리는 엄마, 아빠가 선택되어 온 아이는, 아직도
모자르고 철없는 우리가 자신의 부모라는 게 다행이라
고 갑자기 얘기를 해주기도 한다. 그게 얼마나 고마운지
모른다.

매번 똥손이었지만 아이를 뽑을 땐 황금손이었던 게 분명하다.

좋아하는
백만 가지
이유 중
한 가지에
대하여

우리 집에 온 복덩이들 봉투와 봉달이를 좋아하는 이유는 백만 가지가 넘는다. 많은 이유들 중 하나가 바로 아이들의 눈이다. 고양이의 눈은 어릴 적 구슬치기하려고 샀던 예쁜 구슬과 비슷하다. 작은 유리 구슬 속에 영롱한 초록빛의 모양들이 가지각색으로 들어가 있는데 마치 작은 지구 같기도 하고 우주 같기도 했다. 즐겨하는 놀이도 아니었고 구슬치기 능력도 형편없었지만 그래도 집에 항상 굴러다니던 그 구슬들이 이제는 우리 집에서 새로운 모습으로 굴러다니고(?) 있다.

초록과 겨자를 섞은 듯한 바탕에 밑도 끝도 없이 까만 눈동자가 가늘어졌다 커졌다 하는데 그 위를 투명한 유리막(?)이 바탕과 공간을 비워놓고 반원으로 눈을 완성시킨다. 그 공간이 맑고 그윽하며 신비롭기까지 하다.

고양이의 눈은 호불호가 확실하다. 나처럼 눈에 매료되어 헤어나오지 못하는 경우도 있으나 수시로 변하는 눈동자가 무서워 고양이가 싫다는 사람들도 생각보다 많다. 그러나 호 중에서도 최상호인 집사는 옆에 웅크리고 앉아 그윽한 눈빛으로 쳐다보는 주인님을 뚫지게 바라본다. 그러다 보면 세상의 티끌이 묻지 않은 순수한 눈앞에서 잡다하고 조잡한 감정들로 너덜너덜해진 마음이 조금씩 메꾸어진다.

바닥에 널브러져 있는 또 다른 주인님을 무릎 위로 안는다. 안기기 싫어 힘을 쭉 빼고 있으니 들기가 애매하고 힘들지만 일단 안으면 그것대로 좋다고 가만히 있어 주는 주인님. 이 주인님 눈도 무해하고 맑아서 바라만 봐도 기분이 좋아진다.

고양이를 사랑하는 이유는 백만 가지도 넘지만 그중 하나, 영롱한 구슬 같은 눈 때문이다.

호두턱
없애는
법

엘리베이터 안 조명을 받은 거울 속 얼굴을 뚫어지게 본다. 일명 '호두턱'이 유난스럽게 보인다. 입술 아래 턱 부분이 마치 호두가 있는 듯한 주름 모양일 때를 일컫는 말이다. 언제부터 턱이 이렇게 도드라지게 호두 모양으로 바뀌었을까? 거울을 보다가 갑자기 점에 꽂히면 있는지도 몰랐던 작은 것들도 크게 보이기 시작하고 달마시안으로 변하는 느낌이 들 때가 있다. 지금은 호두가 턱에 콕 박힌 것 같고 주름들이 깊게 패여 보인다.

입을 다물기만 해도 호두 모양이 선명해지니 얼빠진 사람처럼 입을 벌리고 살아야 하나. 이를 어쩌지? 그러다가 입술을 다문 채로 살짝 미소를 지으니 주름이 옅어진다. 입을 벌리고 웃는 모양으로 만드니 완전히 사라진다. 이제 웃는 인상의 할머니 되기 프로젝트(?)를 시작해야 하는 시점인가.

운전을 하면서 의식적으로 미소를 지어본다. 어색함이 느껴지는 걸 보니 많이 짓지 않은 표정임에 틀림없다. 공식적이고 예의를 지켜야 하는 자리에서나 또는 그런 사람인 척할 때 지은 표정이니 말이다.

평상시에는 무심한 듯 그러나 긴장된 얼굴을 하고 운전대를 잡았겠지. 억지로 미소 짓고 운전하는 게 낯설어도 많이 낯설다. 신호 정지로 차가 섰을 때 입을 벌리고 웃는 모양을 만든다. 백미러 속 표정이 조커 같기도 하고 정신 나간 사람 같기도 하고 우습다. 그래도 주름을 없애려면 이 정도는 감수해야지. 딱히 나를 보고 놀랄 사람도 없으니 천만다행이다. 그런데 신기한 일이 벌어진다. 입을 벌리고 헤 웃는 모양을 만드니 눈이 저절로 따라서 웃는다. '뭐 좋은 일 있어? 아침부터 기분 좋아 보인다' 하며 뇌가 말을 건다. 가짜로 웃어도 뇌는 진짜인 줄 안다고 하더니 정말 그렇다.

'좋아. 일주일 내내 금요일 같아서 다음 날이 쉬는 날이 아니라 괴로웠는데 오늘은 진짜 금요일이야. 5월 첫 회식 이후 두 달이 훌쩍 지났는데 두 번째 회식을 하기로 한 날이고. 피곤이 겹쳐 집에 가서 쉬고 싶은 마음도 크지만 그동안 똘똘 말아서 모아 놓았던 스트레스를 풀 수 있는 좋은 시간이 될 테니 기꺼이 참석해야지. 내일은 기다리고 기다리던 토요일이야. 아침부터 나가야 하는 일정이 있지만 새벽부터 서두를 필요는 없으니 그것도 좋고.'

호두턱을 없애는 방법은 간단하다. 미소를 짓거나 이를 보이고 환하게 웃으면 된다. 계속 이러고 있으면 머리에 꽃이 있나 의심받을 수 있으니 적당히 해야 한다.

자발적
가난과
소박한 삶

폭우가 내리고 폭염이 덮치고 지구가 심상치 않다. 이 모든 게 인간의 이기심과 욕심으로 빚어진 일이라는 것에 이의를 달 사람은 없다. 반세기를 넘긴 나야 재수가 좋으면 제 명대로 살 수 있을지도 모르지만 딸아이와 그보다 더 어린 아이들이 제대로 잘 살 수 있을지 의문이 드는 하루하루다. 거의 재앙 수준이라고 해도 과언이 아니니 슬슬 겁이 날 지경.

인문학 수업을 같이 듣는 동료분이 좋은 시와 그 시에 대한 단상을 아침마다 보내주신다. 그분 덕에 아침마다 잔잔하게 기쁜 감정이 일어나고 맑은 생각이 올라오니 감사할 따름이다. 오늘은 요 며칠 무지막지하게 내린 폭우로 여기저기 인명과 재산 피해가 속출하고 있는데 수해에 대한 시와 그에 대한 단상이 올라와 있다.

그 글에서는 인간이 지금이라도 손써볼 수 있는 방법으로 자발적 가난과 소박한 삶을 제시한다. 너무나 깊게 와닿고 생각만 해도 마음이 차분해진다.

자발적 가난이라니! 참 멋진 말 아닌가! 물론 나는 비자발적 가난자(?)이지만 가난의 정의가 어디까지인지 모르겠다. 비자발적이더라도 자발적으로 가난하게 산다고 생각하고 지내면 더 멋지게 가난을 즐길 수 있을 것이다. 자발적 가난과 소박한 삶을 꿈꾸는 비자발적 가난과

때때로 낭비하는 삶을 사는 인간이 다시 꿈을 꿔본다.

작고 소박한 것들로 이루어진 집과 그 집에서 사는 단순하지만 정돈된 삶을.

어느 근사한
여름 아침
속에서

이런 날이 드물다. 아이도 남편도 없고 나와 봉봉이 들만 있는 유일한 시간.

지저분한 집 구석구석이 나의 손길을 기다리고 있지만 소파 위에 누워서 하나도 안 보인다고 생각하고 핸드폰 화면만 보면 어느새 가상의 공간을 탐험하느라 해야 할 집안일들은 머릿속에서 깔끔하게 삭제 가능. 핸드폰에 중독된 건 오래된 일인데 무슨 자신감인지 마음만 먹으면 끊을 수 있다는 생각에 괴로워하지도 않는다. (사실은 지나간 시간을 확인하고 잔잔하게 길게, 찌질하게 괴로워한다.)

이 멋진 시간을 어떻게 보내나 고민하다 8시에 문 여는 카페에 가서 분위기 있게 커피를 마시며 책을 읽거나 그림을 그리고 오면 좋겠다 다짐하고 잠을 청했는데 일어나 별스타그램을 보기 시작하니 이미 8시가 넘었다. 아… 어쩌지? 카페에 갈 시간이 지나버렸네. 10시에서 12시 사이에 불법주차과태료가 담긴 등기를 손수 전달해 주시겠다는 우체국 아저씨의 일방적인 약속 통보(문 앞에 꼭꼭 눌러 붙인 우체국 메모지)를 잊지 않았으니 움직이기도 애매해졌다. 계획도 어그러졌으니 계속 눈은 즐겁고 마음은 불편한 시간으로 채우자, 할 수도 없다.

언제 어디서 샀는지 기억나지 않는 독립출판 책을 편다. 서점을 우연히 방문한 후 인생이 바뀐 분의 이야기가 담겨 있는데 나와 너무나 비슷하여 동질감이 느껴진다. 한 사람의 삶을 이렇게 고퀄리티로 바꿀 수 있는 방법이 생각보다 너무 쉬운데 어떻게 하면 여러 사람들에게 널리 알릴 수 있을까. 다시 한 번 오지랖을 발동시키고 싶다. 근사하게 표현하자면 선한 영향력을 펼치고 싶다고 해도 되겠지만 아줌마한테는 오지랖이 딱이다. 아무튼 '맞아! 맞아!' 혼잣말을 하며 책을 읽다가 고개를 돌리니 봉투가 대자로 누워 편하게 쉬고 있다. 그 옆으로 시선을 옮기니 식탁 아래 의자 위에서 비스듬히 누워 자는 봉달이. 엄마는 소파에서 선풍기 바람 맞으며 널부러져 책을 읽고, 아침에 늦잠 잔 아빠가 괜히 엄마한테 오만 가지 짜증을 내며 나가는 현장을 목격하며 불안했을 봉봉이들. 모두가 쉬고 있는 이 풍경이 너무 멋지게 다가온다. 물론 바닥에 널부러진 쓰레기인지 아닌지 구분이 안 가는 물건들, 창가쪽 테이블 위에 정신없이 쌓인 책과 다양한 미술용품과 가방들. 식탁 위에 각종 과자들과 건강 보조식품, 운동한다고 갖다 놓은 자전거 모양의 옷걸이(?)에 쌓인 미래의 빨래감들은 보이지 않는 걸로 하고.

장마가 끝난 것 같지 않지만 더 비가 내리면 하늘이 양심이 없는 거란 생각이 드는 7월 하순의 어느 아침,

'지금이 우리가 기다리고 기다리던 유일한 일주일이다'
하며 우는 매미들의 소리까지 낭만을 더해준다. 새벽부
터 쫓기듯 시작하던 하루를 느긋하게 시작하니 쪼그라
들었던 마음이 점점 펴진다.

근사한 여름 아침의 풍경을 기록으로 남기지 않으면
후회할 것 같아 부지런히 노트북을 켠다. 무조건 쓰고
본다. 소파의 이쪽 끄트머리에 양반다리를 하고 앉아서,
봉투는 저쪽 끄트머리 소파 팔걸이에 식빵 자세로 누워
창밖을 바라보고 있다. 봉달이는 최애 자리에서 한쪽 다
리를 공중에 펼쳐 놓고 자려고 준비 중이다.

인간 하나와 고양이 둘이면 세상의 평화를 다 가질
수 있다. 지금이 바로 그 순간이다.

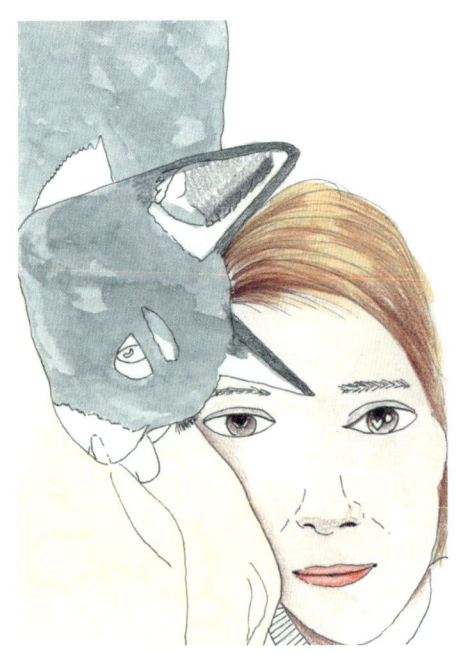

203

돈을 최고의 가치로 여기는 지구에 한 아줌마가 살았다. 그러다 어느 날 희한한 행성에 관한 이야기를 듣는다. 이곳에 사는 외계인들은 자주 모여서 글을 쓰고 그림을 그린다. 가끔 삐뚤빼뚤한 바느질로 작고 못생긴 인형을 만들고 중얼거리는 듯한 노래를 부르며 방긋 웃는다. 산책하다가 이름 모를 들꽃을 찾으면 푸른 지폐라도 주운 것처럼 반가워한다. 집안을 가득 채울수록 기뻐하던 사람에겐 적지 않은 충격이었다. 물건을 사지 않는데도 저렇게 즐거울 수 있다니. 돈을 쫓아다니는 일상에 지쳐버린 지구인은 큰 결단을 내린다. 이상하지만 묘하게 끌리는 이 행성으로 이주하기로.

아버지가 돌아가신 후 헛헛한 마음을 달래며 '안 해본 것들 도전해 보기'라는 새로운 목표로 이것저것 경험을 하는 중이다. 독립 출판의 'ㄷ'도 모르던 아줌마는 덥석 창작 수업을 듣고 첫 그림 에세이를 만들게 된다. 제작부터 판매까지 모든 것을 혼자 해내야 하는 신기한 세계에 들어와 첫 영업(?)을 한다. 위탁 판매가 주를 이루니 당연히 많은 책방에서 입고해 줄 거라는 순진한 생각이 얼마나 해맑았는지 깨닫고 마음을 가다듬는다. '영업의 기본값은 거절'이라는 새로 알게 된 명언(?)을 가슴에 새기고 이때부터 보험왕이 아닌 영업왕이 되기로 결심한다. 전국의 서점이란 서점은 다 팔로잉할 기세로 별스타그램을 뒤진다. 메일 주소와 DM으로 거침없이 그러나 지극히 소심하게 연락하고 입고 요청을 기다린다.

'두드리면 열릴 것이다'라는 말을 증명하듯 이 어이없는 아줌마를 받아주는 곳들이 하나둘 생겨나기 시작한다. 책 한 권 가지고 별의별 북페어에 도전장을 내밀어 몇 군데 나가게 되고 여러 책방에서 작은 북토크도 하게 되었다. 여기저기 다니다 보니 느린서재 편집자 눈에도 띄어 출판사에서 두 번째 책이 나오게 되었다. 돈과 인간에 대한 불만을 터트리는 것만으로도 시간이 모자라던 아줌마는 이제 평범한 줄 알았던 비범한 일상을 쓰고 그리느라 바쁘다.

앞으로 느린서재와 함께 조금 더 큰 세계에서 영업하는 창작자가 되어 보려고 한다. '한 사람이라도 이 세계에 영입이 된다면 그것처럼 의미 있는 일은 또 없다'라는 마인드로.

명색이 에필로그인데 감사 인사를 짧게 하고 싶다. 사랑하는 가족들과 친구, 지인, 직장 동료들 등등 쓰다 보니 끝이 없네. 세상의 모든 것들에게 고맙다. 길가에 떨어져 있는 나뭇잎 하나도 글이 되고 그림이 되니.

그래도 굳이 이름을 밝힌다면 집사가 이 행성으로 이주하는 데 가장 크게 이바지한, 세상에서 가장 이쁜 고양이 형제 봉투와 봉달이에게 이 영광을 돌린다. (출판사에서 내 책이 나오다니 아직도 믿겨지지 않는다.)

봄을 기다리며, 느린호수

왼손잡이 고양이에게
허락은 필요 없지

초판 인쇄   2026년 4월 3일
초판 발행   2026년 4월 11일

ⓒ 느린호수 2026

지은이   느린호수
펴낸이   최아영

편집   최아영
마케팅   이 책을 아끼는 당신
디자인   정나영
인쇄   넥스트프린팅
펴낸곳   느린서재
출판등록   2021-000049호
전화   031-468-8390
팩스   031-696-6081
전자우편   calmdown.library@gmail.com
인스타   @calmdown_library
뉴스레터   calmdownlibrary.stibee.com
블로그   blog.naver.com/calmdown_library
ISBN   979-11-93749-45-6 (03810)